좋아요

좋아요

ⓒ김남지 2015

초판 1쇄 발행 2015년 12월 25일

글 | 사진 김남지

펴낸곳 도서출판 가쎄 [제 302-2005-00062호]
주소 서울 용산구 이촌로319 31-1105
전화 070. 7553. 1783 / 팩스 02. 749. 6911
인쇄 정민문화사
ISBN 987-89-93489-52-1
값 15,000원

이 책의 판권은 저자와 도서출판 가쎄에 있습니다.
이 책 내용의 전부 또는 일부를 재사용하려면 반드시 양측의 서면동의를 받아야 합니다.

www.gasse.co.kr

좋아요

글|사진 김남지

gasse•가쎄

작가의
말

나에게 '좋아요'는 인정이다.
따뜻한 마음의 인정人情이기도 하고,
상대방을 그 자체로 인정認定해주는 것이기도 하다.

사람마다 취향이 다 다르지만 '좋아요' 할 수 있는 건
그 사람 그대로를 인정하기 때문이다.

그대로의 그대가 좋다.

차례

8 작가의 말

16 **위치 추가**

18 암스테르담의 풍차

21 영국에서 베를린 가는 아우토반 어딘가

25 독일 남부지방 어딘가

27 가장 안전한 곳

29 아들론 호텔

31 블라디보스토크로 가는 배 1

33 블라디보스토크로 가는 배 2

36 내가 찍은 맨체스터

39 내가 찍은 런던

41 북쪽 바닷가 어딘가

45 로스톡

48 **댓글달기**

51 체크아웃

53 하려 하지 말자

54 너를 기다리는 이유

55 봄비

57 글과 말이 짧아질 때

59 여행은 사랑처럼

60 내가 너를 느끼는 방법

63 멀미

👍

64   **알 수도 있는 사람**

     67 특별한 짝꿍의 변신

     69 치마와 치매

     73 짜릿한 포기

     76 에릭 사티를 치세요

     79 마리안느

     82 빅토아 빅토리노

     87 김영모 실험실

     90 금연, 금달래, 금복주

     93 하순영

     97 그리울 땐 프레첼을 먹어

100   **메시지**

     102 이런 여행

     103 가을 마약

     105 0.1초도 놓치지 말고 봐주세요

     107 비가

     108 바람의 필터링

     109 오타

     110 지진

     111 기다린다는 것

     113 글이 길 같다

     114 밖에 비와?

     115 신경성 편도선

     116 착각의 힘

117 비

119 왈츠 같은 그리움

120 **사진첩**

123 노 파인더 샷

124 사진과 사랑은 사유가 같다

127 사진, 적당한 거리

128 소중한 각도

131 사진 찍을 때 생각나는 대사

132 습관

133 내가 가장 자신 있을 때

134 **차단**

136 자극은 관심이다

139 넘어가는 가시가 더 무섭다

140 남의 떡

141 하늘의 배설

142 **과거의 오늘**

145 베를린에서의 첫 번째 가을

148 베를린에서의 첫봄

151 하나뿐인 악보

155 내 몸이 Stimmgabel이야

159 니들이 '허슬'을 알아?

165 그 노래는 절대로 시키지 마

168　그때 그 사람

171　그래서 그들은 함부르크의 사창가로 갔을까?

175　뛰어갈 텐데 훨훨 날아갈 텐데

179　새로움이라는 상큼함에 올라탄 남자를 잡는 방법

181　그리움을 쌓는 방법

187　마음에 달뜨다

190　낭만 석탄

192　　공유하기

195　쇳덩어리 같은 마음을 녹이는 건

196　누군가의 뒷모습

199　위층에 사는 사람에게 관심이 많은 이유

200　아이들이 돈을 숨기는 이유

203　슬픔이 신호등에 걸렸다

204　비닐 두께의 마음

207　포장할 때 가장 신경 쓰는 것

208　사랑의 코너링

211　반대요법

212　관음증 환자

214　　알림

216　하이빔

219　눈을 감아야 비로소 그려지는 얼굴

222　빗방울 디자이너

223　천운

224 바운스 바운스
225 매년 오는 첫눈

226 **타임라인**

229 장날 가장 비싼 건
231 최북 자화상을 보던 날의 일기
233 청포도나무가 있던 집
235 너의 무대가 되어줄게
239 기억하는 것과 기억하려는 것
241 티를 낼 수 없었던 사춘기
244 류 씨네 장독대
247 거점
251 나, 나쁜 사람?
253 미아리 텍사스촌과 치과와 말러
256 비가 기억을 두드린다

258 **비활성화**

261 반성문
262 적당히
264 조리법
265 소통
266 휘청거릴 땐 지지대를
267 복병腹病? 복병伏兵!
269 월세, 너였니?

270   무슨 생각을 하고 계신가요?

273 살아가는 동안에

274 옷이 가방을 들어준다

277 아빠와 딸

278 컨테이너가 도착하던 날

281 감동적

282 이스트팩과 캔 뚜껑

284 돈 주고 못 사는 것

287 발착

288 첫 마음이 개발이다

290   나만 보기

292 사이

293 비가 바다에 닿으면

295 여행

296 살아있다는 것

297 이런 봄밤

298 비가 오면 짙어지는 것들

300 아는 여자

301 냄새

303 불편한 의자

305 정답은 이구아수폭포

306 좀 세아려주지

308   친구신청

위치
추가

마음을 등록하는 일, 그게 사랑이다.
어느 한 곳 적(籍)을 둘 수 없었던 마음이 누군가를 만
나고 그 사람의 좌표가 되어주는 일, 그게 인연이다.
너를 내 마음속에 등록한다는 것은 너에게 나를 추가
한다는 말, 네 안에 내 위치를 추가한다는 뜻.

그러니 위치 추가를 할 때는 신중하게.

암스테르담의 풍차

"암스테르담에 가봤어요?"라고 누군가 물었을 때, 난 프랑수아즈 사강의 '브람스를 좋아하세요?'가 떠올랐다. 폴의 로제와 시몽처럼 두 번 스쳐 갔던 곳 암스테르담. 한 번은 로제처럼 권태롭게 스히폴 공항을 경유지로, 또 한 번은 광장에서 열정적으로 노래 부르며 시몽처럼. 그러느라, 난 암스테르담에서 풍차를 보지 못했다.

호기심이 익숙함으로, 떨림이 편안함으로 변해갈 때 이별 후 또 이별이 온다던, 그녀의 혼란스러움만 풍차처럼 맴돈다.

댓글달기

👍 좋아요

👍 좋아요

아우토반 어딘가를 말하면서 굳이 영국까지 넣는 이유는 안개 때문이다. 근원을 알 수 없는 안개 때문에 생긴 사건이기에 근원인 출발지를 넣어야만 한다. 한 시간 정도 배를 탄 후 섬에서 뭍으로 차를 내렸을 때 안개를 인지하지 못한다. 안개가 더 자욱한 나라, 영국에서 출발했던지라.

휴게소 간판의 침대 모양이 유난히 반짝일 때쯤 파리를 지난다. 손가락으로 핸들을 꼭꼭 누르며 셈을 한다. 천 킬로가 남았으니 200킬로로 밟으면 다섯 시간, 지금이 열한 시니 새벽 네 시 베를린 도착. 밤이니까 170킬로로 밟으면...

여기부터의 셈은 무릎 위에 놓인 다른 손가락으로 옮겨간다. 여섯 번째 손가락에서 벌써 멈춘다. 그럼 새벽 다섯 시 도착. 거기까지 계산이 되자 힘껏 페달을 밟는다. 그때 열 손가락을 벗어났으면 아무 일이 없었을까?

몰려온다. 잠이, 근원을 알 수 없는 새벽안개가. 한 치 앞이 보이지 않는다. 퍼지기 시작한다. 퍼진 안개 사이로 사람만 한 물체가 누워 있다. 새벽안개 때문에 한 치 앞에서 보게 된다. 갑자기 아킴(베를린 운전면허학원의 터키인 선생님)이 떠오른다. 아킴은 그럴 땐 물체를 피하면 안 된다고, 아우토반 4시간 연속 운전연습 때 포츠담의 어딘가에서 말했다. 순간적일 때 머리는 얼마나 먼 곳에 있는가. 가슴과 머리가 몸 안에 있지만 몸의 반응이라고 말할 수 없다. 순간의 반응은 다른 무언가, 사건과 부딪힌 울림일 뿐이다. 피한다. 밤 산책 나왔다가 변을 당한 사슴. 사건과 부딪히는 순간의 울림은 '한 번 더 죽이지는 말자' 였다.

퍼지던 안개가 걷히고 아침 햇살이 쏟아진다. 어디선가 습기가 생기는 듯하다. 뽀송뽀송한 햇살 속에 습기라니. 축축함을 온몸으로 느끼며 햇살에 두 눈 찡그리는데 보이는 것이 있다. 산책 나왔던 한 쌍의 사슴 중 혼자 남게 된 암사슴의 촉촉함. 그 촉촉함이 습기를 만든 거다.

👍 좋아요

영국에서 베를린 가는 아우토반 어딘가의 햇살 속엔 사슴의 슬픔이 묻어 있는 습기가 있다.

댓글달기

'

독
일
남
부
지
방
어
딘
가

어디라고 콕 집어서 말할 수 없는 곳. 그냥 '독일 남부지방의 어딘가'라고
말한다. 누군가 아무것도 하지 않고 콱 처박혀서 글만 쓰고 싶은데 어디로
가면 좋겠냐고 물었을 때 난 '독일 남부지방의 어딘가'라고 말했다. 언젠가
베를린 자유대학 근처에서 '리스본행 야간열차'의 저자 페터 비에리(Peter
Bieri)─파스칼 메르시어(Pascal Mercier)의 본명─와 마주쳤을 때도 독일 남부지
방의 어딘가를 떠올렸다.

그곳은 숨기에 좋다. 그곳은 마을을 돌다가 나 하나쯤 사라져도 모를 것
같은 곳이다. 그곳은 이상한 나라의 앨리스가 나타나 호기심은 금물이라
며 튀어나올 것 같은 담벼락이 많다. 그곳은 낮이 너무 평화로워 밤이 빨
리 온다. 그렇게 빨리 온 칠흑같이 까만 밤엔 침묵의 소리가 들려온다. 그
래서 뮌헨 출신 카롤리네 링크(Caroline Link)는 독일 남부지방의 어딘가에서
침묵의 영화 '비욘드 사일런스'를 만들었나 보다. 침묵의 악기 클라리넷과
함께.

👍 좋아요

새벽 서너 시에 보리빵에 샐러드, 햄, 치즈를 넣은 도시락을 들고 일터로 가는 사람의 뒷모습은 나로 하여금 그들을 따라가고 싶게 만든다. 그들의 일터는 열기로 후끈하다. 그래서 한겨울에도 웃통을 벗어젖히고 일을 한다.

토굴 같기도 하고 천장이 높은 박물관 같기도 하다. 빛은 한줄기만 들어오는 것 같기도 하고 눈이 부셔 눈을 못 뜰 정도가 되기도 한다. 천국과 지옥을 잠시 떠올려본다. 양 볼이 부풀어 있고 피가 거꾸로 솟아올라 터지기 일보 직전, 그들의 입에서 형형색색의 꽃이 핀다. 무거운 아름다움이 그들과 함께 휘청한다. 스테인드글라스 장인들의 하루는 정오에 끝이 난다.

그곳의 낮은 너무 평화로워 밤이 빨리 온다. 그렇게 빨리 온 칠흑같이 까만 밤엔 또다시 침묵의 소리가 들려온다. 독일 남부지방의 어딘가 에서는.

👍 좋아요

겨울엔 해가 낮고 길게 들어온다.
도망 다니다 보면 결국엔 해 바로 밑이다.

많은 것이 그렇다.
피할 때 가장 안전한 건 바로 피해야 할 대상의 곁, 바로 밑일 때가 있다.
절벽 위에서 돌덩이가 쏟아질 때 절벽에 바짝 붙어 서 있어야 하는 것처럼.

아
드
론

호
텔

내가 좋아하는 찰리 채플린과 당신이 좋아하는 마를레네 디트리히가 머물렀던 곳이라며 우린 좋아했었죠. 그날의 기억은 두 번 다시 하고 싶지 않아요. 그랬다가는 난 당장 당신을 찾아 나설 것 같거든요. 오늘은 그냥 하루가 지난 다음 날 아침을 잠시 떠올려보는 거로 만족하고 자려고 해요. 오래전 일을 기억에만 의존한다는 것이 얼마나 위태로운지 잘 알지만.

우린 1층의 카페테리아로 내려가지 않고 중간층에 있는 작은 카페테리아에서 아침을 먹기로 했죠. 소리에 민감한 내가 대리석이 깔린 아래로 내려갔다간 음식 가지러 갈 때마다 나는 미세한 의자 끄는 소리에 소름 끼쳐할 거라며 카펫이 깔린 작은 곳으로 갔었던 거로 기억해요. 나를 배려한 당신의 선택이었는데 그게 더 큰 문제를 만들고 말았죠.

"어디가?"
난 지금도 누군가 '어디가?'라고 물으면 두리번거린답니다. 난 주스를 가지러 가려 의자를 뒤로 뺐었고 당신의 배려 덕분에 카펫이 깔린 의자는 아무 소리도 나지 않았죠. 하지만 당신은 내가 잠시라도 어디를 갈까 봐서 황급히 어디 가느냐고 물었다고 했어요. 그런 당신이 좋아서 흥분해 뒤로 빼던 의자가 카펫에 걸려버렸고, 난 그만 얇은 신발에 엄지발가락이 의자에 눌려 바닥에 주저앉고 말았죠. 그런 일로 엄지발가락이 부러질 수도 있다는 걸 누가 알았겠어요? 덕분에 우린 하루가 아니라 더 오래 함께할 수 있었고요.

이후 난 다시는 카펫이 깔린 카페테리아에서 아침 식사를 하지 않는답니다. 아니, 그날 이후 난 아들론에서 아침을 한 적이 없습니다. 우리 크리스마스에 아들론에서 아침 식사할까요?

👍 좋아요

블
라
디
보
스
토
크
로

가
는

배

1　어쩜 나는 내일 아침 동해로 나가 블라디보스토크 여객선을
탈지도 모르겠어요. 낮에 미시령 옛길에서 만난 지독한 안개가 날 그렇게
만들지도 모르겠다는 생각을 했어요. 만약 그렇게 된다면 시베리아 횡단
열차에 뛰어드는 건 당연한 수순이겠죠? 슬류잔카, 카잔, 키예프, 리비우,
부다페스트, 리버풀… 그러다 어쩜 당신이 타고 있는 리스본행 야간열차에
뛰어들지도 모르겠네요. 예감에 아마도 조금 늦을 것 같고 기차는 떠나려
는 찰나일 것 같고. 부탁이 있어요. 그 부탁은 내일 내가 정말 동해로 나가
블라디보스토크 여객선을 타게 되면 말해줄게요.

👍 좋아요

블
라
디
보
스
토
크
로

가
는

배

2 언덕배기에 하얀 팻말이 있었어요. '성당, 교회 가는 길.' 성당과 교회가 같은 곳에 있다는 게 신기해 길을 따라 올라갔죠. 정말로 성당과 교회는 나란히 있었고 난 십자가가 교회 십자가의 십 분의 일도 안 되는 작은 성당에 들어갔어요.

스테인드글라스로 만든 14처가 있었고 사람은 아주 조금밖에 들어갈 수 없는 구조였죠. 잠시 고백성사실을 바라보다가 성당사무실에 들러 굳이 오늘 저녁 미사를 신청했답니다. 아마 오늘 저녁 6시 미사는 우리가 없는 곳에서 우리를 모르는 신자들이 우리를 위해 기도했을 거예요. 뭔가 신나지 않나요?

아! 이 이야기를 하려고 했던 게 아닌데. 미사를 신청하고 사무실을 나오는데 저만치 성모님 동산이 보이는 거예요. 성모님께 인사드리고 가려고 움직이는데 성당 입구에서 예쁜 커플이 나처럼 성당을 아름다워하며 걸어

오고 있는 게 아니겠어요? 우린 성모님을 사이에 두고 삼각으로 걸었죠.

"이 성당 예쁘지? 프랑스 신부님이 지으신 거래"
여자가 남자에게 말했고 남자는 자기도 뭔가 근사한 걸 알고 있다는 표정
을 지으며 여자보다 조금 더 큰 목소리로 말했어요.
"저어기 아래에 있는 저 배 보이지? 저 배가 블라디보스토크로 가는 배
야!"
난 달려가 아래를 보았고 내가 어젯밤에 말했던 그 배를 정말로 확인했고
놀랐지만 순간 웃음이 나왔어요.

가끔 난 심각해야 할 때 웃음이 나오는 거 당신도 잘 알죠? 그 순간 난 11
개 국어를 한다는 당신의 친구 알렉시스가 떠올랐답니다. 아니 좀 더 정확
하게 말하면 그리스 트리폴리에서 카페를 한다는 그의 여동생이 떠올랐다
고 하는 게 더 맞겠네요. 내가 전혀 근거 없는 생각을 하는 엉뚱한 아이가

👍 좋아요

아니라는 걸 말하기 위해 오늘 찍은 이 사진을 보냅니다. 보세요. 그리스가 떠오르지 않나요? 아, 갑자기 당신과 함께 수블라키와 무사카를 먹으며 그리스 전통춤을 추고 싶어졌어요.

그래서 난, 블라디보스토크로 가는 배는 올라타지 않았다고요.

댓글달기

내
가

찍
은

맨
체
스
터

　　창문이 하나도 없는 별 4개짜리 호텔은 온종일 별이 뜨고 온종일 해가 났다. 환기창이든, 채광창이든, 보조창이든 하물며 장식용 창이라도 있었으면.

빠삐용에게 용기를 주던 드가의 얼굴이 떠오르는 순간 밤인지 낮인지 모를 12시라는 시간에 체크아웃했다. 뛰쳐나가느라 가장 가까운 문을 열었더니 호텔의 뒷골목이었고 마음 닫힌 고양이 둘이 교미 중이었다. 하늘에는 별이 5개가 떠 있었다.

내가 찍은 맨체스터는 호텔이든 마음이든 창문은 꼭 있어야 한다는 생각 하나였고 그 생각이 모든 맨체스터였다.

👍 좋아요

👍 좋아요

딤섬 집이 많이 모여 있는 곳에서 조금만 더 가면 되는 곳에 있었다. 인천의 맥아더 동상이 떠올랐을 정도로 그 길은 맥아더 동상 올라갈 때와 같은 각도의 아스팔트 길이었다. 하지만 맥아더와는 상관이 없다. 오히려 삐삐와 상관이 있다.

영화를 만드는 그는, 여자친구와 함께 여자친구의 아버지가 물려준 딤섬 집이 많이 모여 있는 곳에서 조금만 더 가면 되는 곳에 살고 있었는데 그 집은 말괄량이 삐삐가 살았던 뒤죽박죽 집과 거의 같은 구조로 되어 있었다.

딤섬을 먹은 후 맥아더 동상 올라갈 때와 같은 각도의 아스팔트 길을 걸어 그 집에 도착했을 땐 밤이었고 나는 그곳에서 잠이 들었는데 꿈속에서 한 번도 가본 적 없는 스웨덴 스모랜드 지방의 밤벨비 마을이 나왔다.

아침에 일어나 영화를 만드는 친구의 여자친구에게 그 이야기를 했더니

"우리 아빠가 이 집을 나에게 물려주고 스웨덴 밤벨비로 떠났어. 아빠가 아스트리드 린드그렌 팬이거든" 했다.

내가 찍은 런던은 그 집 하나였고 모든 런던이었다.

댓글달기

👍 좋아요

베를린을 떠나 어딘가를 갈 때 북쪽으로 기억되는 어느 바닷가다.
차는 한 대밖에 없었는데 사람들은 듬성듬성 있었고 그들은 성큼성큼 크
게 걸었다. 교통수단이 하나도 보이지 않았기에 난 그들을 절대로 그곳을
떠날 수 없는 사람들로 단정 짓는다.

바다가 보이지 않는 위치에서 그곳을 바다라고 단정 지었던 건 내 기억일
뿐이었다. 추방당한 조나단 리빙스턴이 성큼성큼 걷고 있는 사람들에게 그
렇게 똑같이 걸었다가는 꿈을 이루지 못한다고 말하는 걸 보고, 난 내 기
억이 거짓이기 전에 그곳을 빠져나와야만 한다. 바다가 보이지 않는 위치
에서 그곳을 바다라고 단정 지어버렸기에.

한 대밖에 없던 차가 움직이기 시작했다. 점점 가까워져서 거의 나를 스쳐
갈 기세였다. 순간 핸들을 잡았다 말았다 반복하며 나의 이 행동이 무한
반복될 것 같아 두려웠다. 반복도 찰라가 있기에 스치는 순간이 핸들을

잡는 순간이었다. 조금 더 힘을 주었을 뿐 선택을 한 건 아닌 게 되어 부담 없이 저만치 가고 있는 차를 따라갔다.

이런 걸 사람들은 행운이라고 말한다. 쫓아다니는 행운은 내 기억이 거짓이 아니었다는 것을 확신하는 더 큰 행운을 가져다주었다. 바다가 보이지 않는 위치에서 내가 바다라고 단정 지었던 곳과 하늘이 저만치서 하나가 되었고 난 백투더퓨처처럼 그곳을 빠져나왔다.

베를린을 떠나 어딘가를 갈 때 북쪽으로 기억되는 어느 바닷가다. 차는 한 대밖에 없었는데 사람들은 듬성듬성 있었고 그들은 성큼성큼 크게 걸었다. 교통수단이 하나도 보이지 않았기에 난 그들을 절대로 그곳을 빠져나갈 수 없는 사람들로 끝까지 단정 짓는다.

👍 좋아요

좋아요

"여름 방학에 로스톡Rostock 가자." 베를린에서 두 시간이면 가는 곳에 있는 항구도시 로스톡. 여자들끼리 그곳엘 가자고 했다. 난, 사람들과 한방에서 같이 자는 것을 힘들어해서 결국엔 가지 않았고, 그녀들은 떠났다. 3박 4일 후 돌아왔다.

"어땠어? 바다 보고 오니까 좋아? 가슴이 뻥 뚫렸어? 그 힘으로 다음 학기 버틸 수 있을 것 같아?" 나는 평소 세 가지 질문을 한꺼번에 하는데 그날은 흥분해서 다섯 가지 정도의 질문을 쏟아놓았던 것 같고 그녀들은 아무 말이 없었다.

한참 후 그중 가장 씩씩한 그녀 "바다는 무슨... 방 안에서 3박 4일 독주한 병씩 붙들고 마시고 토하고 마시고 토하다가 왔지."

나는, 술을 못 마실 때라 그렇게 마시면 거의 죽는 줄 알았다. 그렇게들 힘들었던 거다. 그러고도 다음 학기 다들 씩씩하게 잘 버티고 또 방학이 다가오면 어디론가 떠났다.

난, 한 번도 그걸 안 했다.

로스톡에나 갈까?

댓글달기

👍 좋아요

댓글
달기

댓글은 꽃받침 같은 것.

네가 쓴 글에 담긴 기쁨과 슬픔과 절망이 흘러내
릴까 봐 칭찬과 응원과 위로를 덧대어 떠받쳐 주
는 것.
많을수록 좋겠지만 단 한 개일 뿐이라도 충분히
아름다운 격려, 댓글!

체
크
아
웃

체크아웃,

이제 너에게로 체크인.

댓글달기

무언가를 하려고 할 때는 이미 하고 있는 거다. 사랑하려 할 때는 사랑하고 있는 거고, 좋아하려 할 때는 좋아하고 있는 거고, 미워하려 할 때는 이미 미워하고 있는 거다.

그러니 굳이 무언가를 하려 들지 말자.

댓글달기

너를 기다리는 이유

모든 계절을 싫어하기로 결심한다.

모든 계절을 기다리게 될 것 같아서.

댓글달기

👍 좋아요

봄
비

봄비가 봄비네.
그래서 늦었구나.
이해해.

댓글달기

글과 말이 짧아질 때

댓글을 달 때 '아!' 할 때가 있다.
많은 공감과 감동받았을 때다.

잠들기 전 한 줄만 기록할 때가 있다.
그날 할 말이 많았을 때다.

할 말이 많을 때 글도 말도 짧아진다.
오래 기억하기 위해서다.

댓글달기

 좋아요

여행은 사랑처럼

집이 얼마나 좋은지 확인하기 위하여 여행을
떠난다. 머리 되게 나쁘다.
한 번이면 될 걸 계속 반복한다.

댓글달기

내
가

너
를

느
끼
는

방
법

내가 머리를 기르는 이유는 바람이 불 때 머리카락이 얼굴 스치는 걸 느
끼기 위함이고, 신발을 한 치수 큰 걸 신는 이유는 덜거덕거리며 걷고 있
는 내 발을 느끼기 위함이다.
너무 잘 맞으면 서로의 존재를 못 느끼니까.

그러니 지금 나와 잘 안 맞는 사람 혹은 사물들은 나에게 끊임없이 자신
의 존재감을 알리기 위함이니 노여워하거나 슬퍼하지 말자.

댓글달기

👍 좋아요

👍 좋아요

멀
미

"먼 곳을 봐."

내가 멀미하면 엄만 늘 그랬다. 먼 곳을 보라고.

그래서 난 멀미가 눈 때문에 생기는 병인 줄 알았다.

"창문 좀 열어."

내가 멀미하면 운전하던 아빠 늘 그랬다. 창문을 열라고.

그래서 난 멀미는 공기 때문에 생기는 병인 줄 알았다.

"나 멀미해."

앞 못 보는 친구가 옆자리에 앉았다.

멀미가 시각이 아니라 전정신경계와 관련이 있다는 걸 알았던 날.

알 수도
있는
사람

케빈 베이컨의 6단계 법칙(Six Degrees of Kevin Bacon)에서 보면 전혀 관계없는 사람도 여섯 단계 안에 모두 연결되어 있다.

어제까지 나와는 전혀 상관없던 사람이 갑자기 내 인생에 끼어든 것이 아니다. 인연으로 따지자면 그 사람도 한 다리 건너 여섯 단계 안에 있는 사람이었을 테니까.

'알 수도 있는 사람'이 '아는 사람'으로 바뀌는 거, 그게 '인연'이다.

👍 좋아요

책꽂이에서 뭘 찾다가 카프카의 '변신'이 눈에 들어왔다. 풉, 혼자서 한참을 웃었다. 난 중3 때 서울로 전학 왔다. 그전까지 일 년에 한 번씩 전학을 다녔기에 적응하는 데 별 어려움이 없었는데, 엄마는 그게 아니었나 보다. 전학 가던 날 담임선생님한테 특별히 좀 좋은 짝꿍 옆에 앉혀달라고 나 몰래 부탁하는 걸 들었다.

다음날 첫 등굣길 난 특별한 짝꿍에 대해 생각했다. 어떤 친구일까.
"나 어젯밤 꿈에 내가 벌레로 변했어."
내 짝꿍이 나에게 한 첫마디였다.
"생각해봐, 자고 일어났더니 내가 엄청 큰 벌레로 변해있는 거야. 너무 커서 내 방문도 못 나가고."
난 두 눈 동그랗게 뜨고 같이 상상하느라, 결국 윤리 시간이었는데 선생님께 걸렸다. 선생님은 아직 출석부에도 없는 전학생이 걸렸으니 어이없어하시며 도대체 무슨 일이기에 전학 첫날 그렇게 할 말이 많으냐고 물으셨고,

난 놀랍고 창피하고 죄송한 마음에 울먹거리며 "친구가 벌레로 변해서..."라고 대답했고 반 아이들은 수업하기 싫었는데 잘됐다 싶어선지 마구 웃고 난리가 났다.

엄마가 특별히 부탁한 내 짝꿍은 그 전날 카프카의 '변신'을 읽은 거다. 난 그때까지 소꿉놀이와 어린이 책, 추리소설만 읽던 시절이니 '변신'을 알 턱이 없었다. 우리의 벌레 이야기는 그 이후로도 일주일이나 갔다. 물론 당시 나는 변신을 몰랐으니 친구가 해주는 이야기가 진짜 줄 알았고.

카프카의 변신을 볼 때마다 특별했던 내 짝꿍, 은영이가 생각난다.

👍 좋아요

허슬이라는 춤을 앞집 언니한테 배웠다. 언니는 대한항공 승무원이었고, 내가 대학에 입학하길 기다렸다는 듯이 바로 앞집인 자기네 집으로 날 데려가 춤을 가르쳤다. 1번부터 8번까지 목련 꽃망울 터지듯 펑펑 음악에 맞춰 춤을 췄다. 아파트 12층에서.

"디스코 장에서 꽃치마 모르면 간첩이야."
언니는 춤추러 다닐 때마다 치마에 앞치마 같은 게 하나 더 달린, 온통 봄꽃무늬가 그려져 있는 옷을 입고 다녔다. 마치 교복처럼.
"춤출 땐 이렇게 치마를 입어줘야 해."
난 속으로 생각했다. '신나는 디스코를 추면서 누가 치마를 입고 가겠어. 그러니까 이상해서라도 눈에 띄는 거겠지?'라고.

언니네 집은 우리 집과 방향만 다르지 같은 구조였다. 그런데 훤히 보이는 언니 여동생의 방문 앞에 병풍 같은 게 늘 놓여있는 거다. 벽도 아니고 방문 앞에 생뚱맞게 병풍이라니. 생각해보니 가끔 언니가 그 병풍을 열고 들어갔다 나왔다 한 적이 있었던 것도 같다.

"응, 우리 할머니 치매셔. 그런데 이렇게 펑펑 울리는 디스코 음악을 좋아하셔. 그리고 이 치마는 할머니가 만들어 주신 거야."
병풍 바로 옆에 구식 재봉틀이 하나 놓여 있었다. 난 그때 치매가 무언지 잘 몰랐지만 할머니가 좋아하신다는 말에 온종일 언니와 춤을 추었다. 펑펑 터지던 목련이 바닥에 널브러질 때까지.

나의 대학 1년의 봄은 그렇게 지나갔다. 1번부터 8번까지의 허슬과 슬픈 꽃 치마와 치매와 함께.

언니는 날 디스코 장에 한 번도 데려가지 않았다. 난 늘 언니네 집에서만 춤을 추었다.

👍 좋아요

👍 좋아요

"너, 포기하는 게 얼마나 짜릿한 줄 알아?"

그렇게 말한 후 선배 언니는 일주일에 한 번씩 나오는 독일 티브이 가이드

를 내 손에 쥐어 주며 보라고 했다. 베를린에 도착한 지 얼마 되지 않아 알

게 된 언니였다. 같은 음악 전공에 성당까지 같이 다녀 당시 가장 많은 이

야기를 나눴던 사람이다. 내가 베를린에 갔을 때 언니는 공부를 하고 있지

않았고, 단지 사랑스러운 두 아이를 키우고 있었다.

난 이해가 가지 않았다. 서울대 대학원까지 나오고 공부하러 베를린에 유

학 온 사람이, 그렇다고 모성애 강한 여느 우리나라 엄마들과는 다른 언니

가 그냥 놀고 있다는 것이. 그러던 어느 날 무슨 이유였는지 언니네 집에

가게 되었는데 다짜고짜 나한테 포기에 대해 몇 마디 하더니 티브이 가이

드를 보라는 것이었다.

난 멀뚱멀뚱 언니를 쳐다보고 있다가 언니가 건네준, 겉표지만 봐도 아주

오래전 잡지가 확실한 티브이 가이드를 펼쳤다. 온통 시뻘겠다. 빨간펜 선생님의 꼴찌 학생도 그 정도로 시뻘겋진 않을 정도로 빨갛게 여기저기 동그라미가 쳐져 있었다.

'설마? 나처럼 보고 싶은 프로에 동그라미 친 건가?' 하는 생각이 들었으나 그러기엔 너무 시뻘게 갸우뚱하며 언니를 바라보았다.
"맞아. 내가 애 하나 낳고도 버티다, 둘까지 낳게 되니까 그럼에도 죽어라 버티며 공부하다 이러다 남편도, 애도, 공부도 죽도 밥도 다 안 될 것 같아 학교 때려치우고 집에 오던 날 산 잡지야. 집에 와서 이렇게 시뻘겋게 보고 싶은 프로 동그라미 쳐가며 맘 편하게 실컷 보고 나니까 세상에 부러울 게 없더라. 현명하게 포기하는 게 얼마나 짜릿한 건지 그때 깨달았어."

난 당시 전공을 바꿀까 말까, 음대생들과 의대생들에게 '음악 치료법'을 공부할 시 혜택을 준다는데 그걸 또 해볼까 말까, 하물며 내가 왜 공부를 해야 하는가 하는 지경까지 이르렀을 시기였는데 언니는 그런 나에게 포기의 짜릿함을 알려 주었다.

결국 난, 이왕 시작했으니 끝만 본다는 생각으로 공부했고 언니는 포기의 짜릿함을 실컷 누리며 부러울 정도로 베를린을 맘껏 즐겼다. 물론 공부를 포기한 언니 덕분에 언니의 남편도 공부를 잘 끝냈고, 아이들은 엄마의

👍 좋아요

보살핌 속에 유치원을 다니며 무럭무럭 잘 자랐다.

그렇게 모든 임무를 완수하고 한국으로 돌아간 언니에게 잠시 후 연락이 왔다. 애들 웬만큼 키웠다며 서울대 박사과정엘 다시 들어갔다고. 지금은 스위스에서 잘 나가는 현대음악작곡가가 되어 있다.

이럴 때 보면 결국이란 단어는 언제 사용해야 하는 건지 모르겠다. 그날이 떠오른 오늘 결국, 난 또다시 꿈틀대기 시작한다. 내 마음이.

댓글달기

에
릭

사
티
를

치
세
요

"당신은 손이 작고 뭉툭해서 참 좋겠어요."

헐~ 내 손이 못생겼다는 걸 또 이렇게 표현하시다니. 그는 회색 눈빛을 가
졌고 늘 회색 티셔츠를 입는 피아노 교수였다. 난 어릴 때부터 손이 작고
못생겼다는 생각에, 그리고 피아노 칠 때 한 옥타브도 안 닿아서 고생했던
생각에 늘 콤플렉스를 가지고 있었는데 그런 내 손이라 참 좋겠다는 거다.

"난 손가락이 가늘고 너무 길어서 건반에서 남아돌고 손끝에 힘도 없어
요. 당신은 짧은 손가락으로 피아노를 치다 보니 손가락 사이가 많이 벌어
지게 되었고 손가락 끝이 뭉툭하니 손끝 힘이 장난이 아니잖아요? 그래서
당신 손은 피아노 치기에 아주 좋은 손이랍니다."

아~ 나의 단점을 이렇게 장점으로 승화시켜 주다니. 가뜩이나 우리 학교
에서 제일 잘 생긴 교수님이셨는데 날 칭찬해줄 땐 회색 눈빛이 청회색으
로 빛나셨다.

👍 좋아요

파티 때마다 '티라미수'를 너무나 맛있게 만들어 오셨던 분. 내가 연습하다 지치면 "그럴 땐 모차르트를 치지 말고 아무 생각 없이 에릭 사티를 치세요." 해주시던 분.

오늘 같은 회색빛 하늘이면 생각난다. 빛나던 청회색 눈빛과 그 긴 손가락으로 건조하게 쳐주시던 에릭 사티~.

댓글달기

👍 좋아요

마
리
안
느

마리안느라는, 아주 보수적인 독일 남부지방의 친구가 있었다. 긴 금발을 묶고 교회스러운 옷을 입고 다니는, 빈약한 상체와 튼튼한 하체를 가진, 하얀 얼굴과 눈 아래엔 귀여운 주근깨가 있는, 겨드랑이에 늘 성경책과 악보를 끼고 다니던 친구.
내가 조금만 짧은 치마를 입어도 "남지, 너 치마가 너무 짧다고 생각하지 않니?"라고 잔소리를 해대던 친구.

학교에서 작은 가든파티가 있던 날, 그녀는 늘 끼고 다니던 성경책 대신 남자 친구를 끼고 나타났다. 귀엔 옷핀 14개와 눈썹엔 피어싱, 팔에는 문신에 머리는 펑키 스타일의 남자친구를.

난 마리안느를 끌고 학교 뒤편으로 가서 어떻게 저런 남자를 사귈 수 있느냐고, 어떻게 니가 그럴 수 있느냐고 따지듯 물었다.
순간, 마리안느는 살짝 볼을 위쪽으로 추켜올리며 "사는 방식이 다를 뿐

이야"라고 말했고, 난 한 대 얻어맞은 것 같았다. 그날 이후 난 내가 이해 안 가는 일이 생길 때면 늘 그녀를 떠올린다. 그럼 기분이 조금은 가벼워 진다.

사는 방식이 다를 뿐인데 뭐.

댓글달기

빅
토
아

빅
토
리
노

"지휘수업 한 시간 남았는데 우리 집 가서 밥 먹고 올래? 내가 밥해줄게."
"밥?"
빅토아는 우리 학교에서 유일한 동양계 남자아이였다. 그 공통점 하나로
우린 동병상련의 길을 걷고 있었고. 둘 다 독일 말은 잘하지 못했지만, 그
는 영어와 이탈리아어를 잘했다.

독일 할머니가 사는 집이었다. 말을 배우기 위해 수다스러운 할머니가 사
는 곳을 택했다고 했다. 그의 작은 부엌은 두 명이 서 있기에도 좁아서 난
그냥 도와주지도 못하고 벽에 붙어있는 식탁에 앉아 있었다. 고소한 중국
쌀 냄새가 났다. 그때 난 한국 쌀보다 특이한 향의 중국 쌀을 더 좋아했었
는데, 빅토아가 그 쌀로 밥을 한 거다.

"우리 누나들이 제일 좋아하는 음식이야."
벽에 붙어 있는 식탁이라 벽만 바라보고 있는데 하얀 접시가 '쑥' 내 앞에

👍 좋아요

놓였다.

"엥? 이게 뭐야?"

난 순간 울상이 되었지만 참았다.

"우리 누나들!이 제일 좋아하는 음식이야."

그가 누나들을 한 번 더 강조하며 눈시울을 붉혔다.

하얀 접시에 김이 모락모락 나는 중국 쌀밥과 샛노란 큰 물체와 까만 벌레 같은 작은 물체가 놓여있었다. 그는 눈물을 보이지 않으려는 사람처럼 고개를 푹 숙이고 밥과 샛노란 물체와 시커먼 물체를 입속에 마구 집어넣었다.

"왜 그래? 나 괜찮아. 어서 먹어. 괜히 나 때문에."

그는 아직도 내가 자기 누나들 때문에 밥을 먹다 체한 줄 알고 있다.

"난 누나가 아홉인데 모두 수녀님이야. 다들 이탈리아에 있지. 아들 하나인

 좋아요

내가 이 음식을 해주면 우리 누나들이 무척 좋아했었어."
내가 감동도 하기 전에 자기가 먼저 슬퍼했다.

'이게 요리냐? 밥에, 망고 잘라놓고 그 옆에 멸치 젓갈 올려놓은 게?'
난 과일 샐러드도 안 먹을 만큼 과일이 다른 용도로 쓰이는 걸 못 먹는
다. 하물며 밥반찬이라니! 그러나 그의 말에 의하면 필리핀에서는 고급
요리란다.

빅토아 빅토리노.
아마 지금쯤 아홉 명의 수녀 누나들과 이탈리아 어느 성당에서 오르간을
치고 있을 것이다

👍 좋아요

쿵쿵쿵쿵, 엄마 손을 잡고 아파트 상가를 내려가는데 어디선가 향긋한 이스트 냄새가 났다. 난 엄마 손을 잡아끌었고 엄만 빨리 시장 봐서 저녁 차려야 한다며 내 손을 잡아끌었다. 엄마가 이겼다. 아니, 둘 다 이겼다. 난 엄마와 시장 본 물건을 집 현관에 던져놓자마자 다시 아파트 상가로 뛰어갔으니까.

모락모락, 벌써 어두워진 상가의 어느 구석에서 시골의 굴뚝에서나 날 법한 하얀 연기가 느껴졌다. 그건 모락모락 피어오르고 있었고 난 '살금살금'이란 단어를 처음 알아낸 아이처럼 조심스레 다가갔다.
"한 번 먹어볼래?"
잊을 수가 없다. 엄청 큰 하얀 모자를 쓴, 여기저기 밀가루가 잔뜩 묻은 아저씨의 모습을. 빛이 하나도 없는, 하물며 지하였음에도 아저씨에게선 빛이 나고 있었고 난 순간 가브리엘 천사를 떠올렸다.

"우리 동네 빵집이 새로 생겼대요. 거 이름이 뭐라더라. 앞에 희한하게 사람 이름이 붙었던데."

"아, 새로 생긴 김영모 빵집요?"

난, 일 층에 있는 햇살 좋은 빵집보다 지하라 눅눅한 이스트 냄새가 더 잘 나는 빵 만드는 그곳엘 자주 갔다. 아니, 엄밀히 말하면 간 게 아니라 지나만 다녔다. '김영모 실험실' 난 그곳을 그렇게 불렀다. 아저씨는 늘 그곳에서 무언가 실험을 하는 사람처럼 보였고 난 그 기운을 스치는 게 좋았다. 기분이 울적할 때 그 앞을 지나가면 모락모락 연기에 우울했던 내 기분이 피어나는 것만 같았다.

강산이 두 번은 변한 어느 날 70층이나 되는 아파트 빌딩 숲 사이로 화려한 동네 분위기에 걸맞은 빵집 간판이 보였다. '김영모 과자점!' 무언가에 홀린 사람처럼 난 빵집 안을 기웃거렸고 계속 몰려드는 사람들 때문에 떠밀리다시피 빵집 안으로 들어갔다. 사람들도 빵들도 너무나 화려하고

👍 좋아요

예뻤다. 잠시 배신감마저 들려던 순간 눈이 마주쳤다.

"혹시, 독일 갔던, 예전에 아파트 상가..."
난 달궈진 눈시울과 함께 꾸벅 인사를 드렸고 아저씨는 어릴 때랑 똑같다
는 말씀을 연거푸 하시며 빵집을 자랑스럽게 구경시켜 주셨다. 그리고 김
영모 빵집에서 만든 화려한 케이크들을 종류별로 한 쪽씩 모두 커다란 박
스에 담아 내 손에 쥐여 주었다. 어릴 때 '김영모 실험실' 앞에서 내게 "한
번 먹어볼래?" 하던 그 목소리로.

아저씨는 화려한 빵집이 여러 개 있으면서 아직도 내 어릴 적 '김영모 실험
실'에 나오신단다. 김영모 빵집의 본점은 아직도 콧구멍만 한 작은 상가에
있다. 그리고 난 아직도 가끔 그곳을 지나다닌다.

금연, 금달래, 금복주

허름한 시골 식당의 빨간 금연 표시를 보면 금달래와 금복주가 떠오른다. 금연, 금달래, 금복주... '금'자로 시작하는 단어여서만은 아닌 묘한 연상 작용이 있다.

금달래가 나타나면 해 질 녘 소독차가 지나갈 때처럼 "저기 금달래가 온다." 소리와 함께 동네 남자아이들이 몰려든다. 머리에 빨간 꽃을 단 금달래는 하얀 개량한복을 입고 치맛자락을 소독약 연기처럼 휘날리며 사라졌다. 동네 남자아이들의 놀림을 뒤에 달고서.

안동의 제비원에 가면 마애여래입상이 있다. 도산서원을 다녀오던 길 그곳을 지나는데 누군가 불상에 빨간 립스틱을 발라 놓았다. 난 그 모습이 너무나 강렬해 마애여래입상이라는 긴 이름은 모르겠고 애주가인 아빠의 영향으로 제비원 안동소주의 금복주는 알고 있었기에 마애여래입상을 금복주로 외웠다.

👍 좋아요

둘 다 초등학교 일 학년 때의 기억인데 아직도 허름한 시골 식당의 빨간 금연 표시를 보면 머리에 빨간 꽃을 달고 하얀 개량한복을 입은 금달래와 누군가 장난으로 칠해 놓은 빨간 립스틱을 바른 마애여래입상 – 나에겐 금복주가 연상된다.

가족 중에 담배를 피우는 사람이 지금은 한 명도 없지만 담뱃값 인상된 2015년의 금연은 짜안하다.

댓글달기

👍 좋아요

내가 선생님이라는 단어에 가장 예민하게 반응했을 때가 미용실에서였다.
엄마를 따라 미용실에 다녔을 때인데 그곳에는 하순영 선생님이 계셨다.
요즘엔 선생님 하지만 당시엔 미용사를 선생님이라고 부르지 않았을 때였
는데 그곳엔 하늘 같은 하순영 선생님이 계셨다.
선생님의 바로 밑에는 선생님의 고향에서 데리고 온 옥자 언니가 있었고.
그 아래에 또 그 아래에도 모두 고향에서 데리고 온 정겨운 이름의 언니들
이 있었다.

"저곳만 다녀오면 머릿결이 좋아져요." 동네 아주머니들의 말이다. 당시엔
파마를 하면 머릿결이 나빠지던 시절이었기에 난, 하순영 선생님의 손길은
비단인 줄 알았다. 하지만 선생님은 나에게 단 한 번도 파마를 하라고 하
지 않으셨다. 가끔 잘라주셨는데 다른 사람들은 모두 단정하고 예쁘게 잘
라주시면서 나만 유독 이상하게 꼭 한두 군데는 삐치게 잘라주셨다.
어느 날 도저히 못 참고 작은 목소리로 말했다.

"선생님, 저 여기 머리카락이 튀어나왔는데요."

언제나처럼 무뚝뚝한 표정으로 날 한 번 획~ 둘러보시더니 "넌, 그게 더 어울려, 어딘가 한 곳 삐친 게. 다듬으려 하지 마."

주위 사람들이 다 알 듯 나는 내 머리카락을 내가 자른다. 내 얼굴을 나만큼 잘 아는 사람이 없다는 생각을 스스로 머리카락을 자르면서 알게 되었고 그렇게 머리카락을 자를 때마다 하순영 선생님 생각이 난다.

나만큼 내 얼굴을 잘 알고 있었던 유일한.

👍 좋아요

👍 좋아요

싱가포르에서 리버크루즈를 타고 플라이어에서 클락키까지 가는데 바로 옆에 독일 4인 가족이 앉았다. 거의 동양 사람들이었는데 신기하게도. 난 너무 반가워 사진 찍는 본분도 잊고 계속 그들만 바라봤다.

서로 눈인사 정도만 나누던 중 남자아이와 눈이 좀 길게 마주쳤다. 색안경을 끼고 있어서 날 보는 줄 모르고 있다가 민망해서 "아 ~ 그냥 독일 사람이라 반가워서... 그러니까 난 베를린을 떠나온 지 한참 되었고 늘 그곳이 그립고 한데 이런 제3국에서 독일 사람을 보니 더 반갑고..."

"프레첼 먹을래?" 자기가 먹던 프레첼 몇 개를 내 손에 쥐어 주었다. 예전에 내가 잘 먹던 과자봉지라 먹고 싶었던 차에 고맙다며 두 손에 받아들고 뽀드득 씹어 먹고 있는데

"독일이 그리울 땐 프레첼을 먹어. 이게 너에게 작은 보상이 될 거야."

순간 울컥해서 넘어가던 프레첼이 목에 걸렸다.

"내가 요즘 라틴어를 배우기 시작했는데 프레첼은 원래 프레티올라(Pretiola)
야. 라틴어로 '작은 보상'이라는 뜻이지. 맨 처음에 빵 만드는 사람이 빵
을 구울 때 실수로 두 번 구워서 딱딱하게 되었대. 그래서 프레첼이 생긴
거래. 부드러우면 빵이 되고 딱딱하면 과자가 되는 거. 어때? 재미있지?"

그땐 아무 말도 못하고 고개만 끄덕였다.

'응, 재미있어. 그리고 나 지금 프레첼 먹고 있어.'

👍 좋아요

메시지

메시지는 사다리 위에 걸린 별 같은 거.

메신저는 마음 타고 올라가는 사다리.

비밀이나 궁금한 걸 말하고 싶을 때

난, 네 앞에서 반짝거려.

그건 너만 볼 수 있지.

모든 사람이 같은 별을 바라보지만,

각기 다른 의미를 갖고 있는 것처럼.

이런 여행

어쩜 난 여행을 떠난다 말하고,

로밍 안 하고 떠난다고도 말해 놓고, 안 떠날지도 모르겠다.

그런 것도 여행이다. 마음 여행.

마음 데이터 용량은? 물론, 무제한.

댓글달기

👍 좋아요

편의점에서 아카시아껌 한 통을 사서 씹으며 한남
대교에서 부산방면으로 달리다가 단물이 빠질 때
쯤 판교를 지나게 되는데, 계속 달리지 않고 오른
쪽 수지 방향으로 틀면 잠시 후 낙엽 타는 냄새가
난다.

나의 가을 마약.

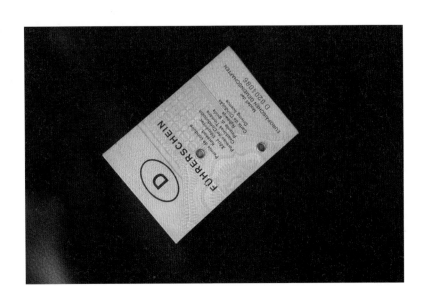

👍 좋아요

오래전 여권에서 '툭' 튀어나온 핑크빛 독일 면허증을 보는 순간 면허 시험 때 뒷자리에 앉아 있던 경찰시험관 얼굴이 떠올랐다.

독일에선 차선을 바꿀 때 잠시라도 뒤로 고개를 '획' 돌리지 않으면 시험에 떨어진다. 물론 이건 독일이니까 가능하다. 우리나라처럼 앞차와의 간격이 좁은 곳에서는 이게 더 위험할 테니까. 당연히 그 전에 백미러 사이드미러 확인하고 마지막으로 차선변경 바로 직전 고개를 '획' 돌려서 사각지대를 본다는 거다. 설령 눈으로 보지 않더라도 고개는 돌리게 될 정도로 훈련이 잘되어 있다. 자전거 길 살피는 것과 함께.

필기시험도 난이도 높은 건 한두 개만 틀려도 떨어진다. 그러니 다 맞아야 맘이 편하다. 일단 필기 만점 받고 실기시험을 보는데, 내가 가장 걱정이 되었던 건 운전이나 주차가 아니라, 잽싼 나의 몸동작을 시험관이 놓치면 어쩌나 하는 거였다.

그래서 시험 보기 전, 서로 인사 나눈 후 '에라 모르겠다' 창피함을 무릅
쓰고 말했다.
"부탁이니 절 0.1초도 놓치지 말고 잘 봐주세요."

그러니까, 당신도.

댓글달기

👍 좋아요

비
가

온종일 비를 준비했는데
마음만 흩뿌렸어.

댓글달기

바
람
의

필
터
링

창문을 열고
블라인드를 친다.

바람이 필터링 되었다.

댓글달기

오
타

내 마음에 난 오타는 너만이 수정해줄 수 있어.

왜냐하면, 내 마음의 저자는 너니까.

댓글달기

지
진

네 생각을 하는데 갑자기 건물이 흔들렸다.

너는 나의 지진.

댓글달기

👍 좋아요

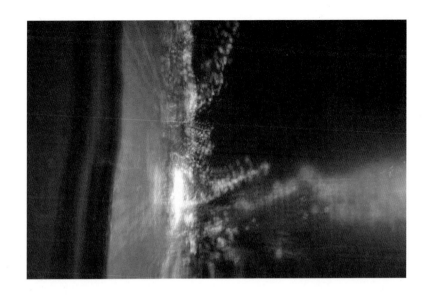

기다린다는 것은 내가 먼저 도착해 너를
맞이하는 것이다.

기
다
린
다
는
것

댓글달기

 좋아요

글
이

길

같
다

소위 말하는 완벽한 세단의 사장님 자리에 앉으면 난 멀미를 한다.
내 몸이 길바닥을 거의 못 느끼면서 달리니까.
그것은 완벽한 글 같다. 나에겐.

기어를 계속 바꿔가면서 운전석에 앉아 있으면 내 몸은 길바닥과 하나가
된다.
살짝 모자라도 매력적인 글 같다. 나에겐.

인치업 후 휠 얼라인먼트가 제대로 안 되어있으면 금상첨화다.
노면을 더 타야 하니까. 글을 더 느낄 수 있으니까.
난 정말 글이 길 같다.

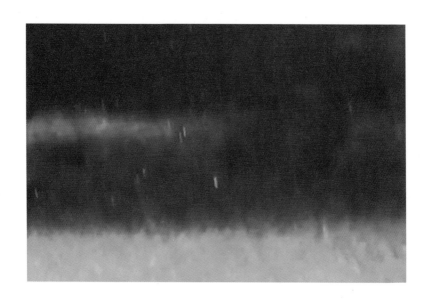

밖
에

비
와
?

"밖에 비와?"라고 묻는 경우는 어떤 때일까?
직접 보면 알 수 있는 것들을 굳이 묻는 경우 말이야.

근데 지금 밖에 비와?

댓글달기

👍 좋아요

신경성 편도선

'울컥' 마음이 올라오니 목이 쉰다.
삼키려 하니 아프고
편도선도 신경성이었나?
온통 붉다.

댓글달기

착
각
의

힘   가끔, 착각의 힘을 믿는다.
오히려 강력하다.

댓글달기

👍 좋아요

비

비가 청바지를 뚫었다.

엄청 힘이 세다.

하기야, 마음도 뚫는데 뭐.

댓글달기

 좋아요

왈츠 같은 그리움

난 왈츠 같은 그리움이 좋다. 눈을 감고 '쿵작작 쿵작작' 해본 사람은 안다.
그 그리움이 얼마나 울렸다 사라지기를 반복하면서 길들여지는지…….

댓글달기

사
진
첩

뭐든 모여 있으면 힘이 된다. 하물며 불행도 모여 있으면 힘이 된다. 불행한 일을 겪은 사람은 같은 처지에 놓인 사람과 함께 있을 때 힘을 얻기도 하는 거니까.

남는 건 사진밖에 없다는 말은 틀린 말은 아니다. 그러나 기억과 기록은 다르다. 사랑은 기억의 영역에 가깝고 사진은 기록의 영역에 가깝다. 사랑이 지나가면 우리는 기록(사진)을 지우지만 기억마저 지울 수는 없다.

모아놓은 과거가 내 안에서 힘을 발휘하는 유일한 시간은 내가 나의 사진첩을 들여다볼 때이다.

소름이 돋는다.

👍 좋아요

노
파
인
더

샷

난 가끔 로모 카메라로 사진 찍기를 좋아한다. 그것도 잘 안 나오는 밤에.
그 옛날 로모로 사진을 찍었던 소련 스파이들을 생각하며.

'퍽퍽'하고 터지는 소리는 폭죽 같다. 그런데 꼭 노 파인더 샷으로 찍는다.
보지 않고 찍으면 마음이 자유롭다. 가끔은 소련 스파이도 만날 수 있고
화려한 빌딩을 폼페이 최후의 날로 만들 수도 있다.

그중에 최고는 가끔 피사체의 마음이 현상될 때다. 물론 필름이 현상될
때까지의 설렘은 말할 것도 없고.

댓글달기

사
진
과

사
랑
은

사
유
가

같
다

흔들린 사진을 올려도 '좋아요' 해준다. 진짜 좋아서라기보다 나에 대한 애정이라는 거 잘 안다. 한 장의 사진이 흔들리면 사진이 흔들린 거라 여기지만 열 장의 사진이 흔들리면 컨셉이라 여긴다.

한 번 흔들린 사랑도 믿어주면 그 사랑도 컨셉이 된다.

사진과 사랑은 사유가 같다.

댓글달기

👍 좋아요

사
진,

적
당
한 거
리

"여기 봐. 눈 동그랗게 뜨고. 엄마 똑바로 보라니까."

엄마는 아이 얼굴에 최대한 가까이 다가가 또렷하게 찍으려 하고 아이의 눈은 점점 사팔뜨기가 되고 급기야 눈물이 고인다. 어쩜 엄만 그 눈이 촉촉해서 더 예쁘게 보일 수도 있겠다 싶고, 아이 또한 자신의 눈이 왜 아픈지 모른다.

너무 가까우면 둘 다 알아차리지 못하고 아플 수 있다. 하물며 서로에게 더 잘해주고 있다고, 서로에게 힘이 된다고, 서로에겐 서로밖에 없다고 생각할 수도 있다. 그건 먼 것보다 더 위험할 수 있는 거리다.

댓글달기

소
중
한
각
도

사람을 볼 때 가장 먼저 각도를 본다. 그 사람이 가장 예쁘게 보이는 각도와 가장 안 예쁘게 보이는 각도를. 그건 사람마다 다르고 나의 눈높이에 따라 또 다르다. 그래서 그 사람과 나만의 각도가 생기게 되는데, 그걸 본다는 건 그 어떤 소통보다도 소중하다.

그래야 갑자기 사진을 찍게 되더라도 예쁘게 보이는 각도로 찍을 수가 있다. 상대를 예쁘게 찍을 수 있다는 건, 반 이상이 소통이라고 생각한다.

이건 사진을 잘 찍고 못 찍고의 이야기가 아니다.

댓글달기

👍 좋아요

Hello stranger? Good bye closer...

"모두가 거짓말이에요. 사진은 슬픈 순간을 너무 아름답게 찍죠. 그 안의
사람들은 너무 슬프고 괴로운데도. 그리고 예술을 좋아한다는 사람들은
그것을 보고 감동을 받겠죠."

영화 클로저를 본 후 한동안 사진 찍을 때 잠시 멈칫했다. '앨리스'가 한
말 때문에……

댓글달기

習慣

사진을 몇 장 보면 그 사람의 습관이 보인다.

난 뭐가 그리 불안한지 늘 소매 끝을 잡아당긴다.

그래서 내 손목과 손등은 언제나 옷에 덮여 있다.

내밀고 싶은 건 숨기고 싶은 법이다.

그러니까 손이나 좋아하는 마음 같은 것들 말이다.

👍 좋아요

내
가

가
장

자
신
어
씠
을

때

내가 가장 자신 있을 때는
사진 찍을 때다.
나를 가릴 수 있기에.

차단

내가 살았던 동네엔 늘 건널목이 있었다. 어릴 때 시골에서도, 베를린에서도, 지금 사는 동네에도. 기차가 지나갈 때마다 딸랑이는 소리를 내는 차단기를 보며 차단은 누군가를 막기 위함이 아닌 것 같다는 생각이 들었다.

너무 성급하게 달려오면 위험하니까, 아직은 준비가 덜 됐으니 조금 천천히 오라는, 기차가 생각보다 빨리 오듯 나쁜 일도 순식간에 일어나니까. 기다리면서 천천히 생각 좀 하라는.

그래서 내가 살았던 동네엔 느리게 살아가는 사람들이 많았던 것 같다.

부정적인 차단이 떠올랐을 때 마음의 차단기를 내린다.

자극은 관심이다

난 지금껏 한 번도 페이스북 친구를 차단한 적이 없다. 나에게 해코지하는 거 아니고, 생각이야 다를 수 있으니 그냥 내버려둔다. 그런데 거슬려도 너무 거슬린다. 안 보고 싶은데 자꾸만 글이 뜬다. 댓글들은 무슨 사이비 종교 신자들처럼 같이 부화뇌동해 욕을 해댄다. 자르는 행동마저도 관심 같아서 내버려 둔다.

그런데 더 안 좋은 것이 있다. 이쪽 생각과 저쪽 생각이 완전히 상반된 것임에도 둘 다 좋아요, 맞아요 하는 사람들. 솔직히 내가 차단하게 된다면 바로 그런 사람들이 될 것이다.

생각이 다른 것보다 생각이 없으면서 행동하는 게 더 안 좋은 거니까. 하지만 그들 또한 자르는 행동은 관심 같아서 내버려 둔다.

무관심보다 더 좋은 차단은 없다.

👍 좋아요

 좋아요

넘어가는 가시가 더 무섭다

어릴 때부터 생선을 먹을 때 중간 뼈만 빼고 모든 가시를 뽀드득뽀드득 다 씹어서 먹었다. 아마도 내가 날 기억하고 있는 세 살 때부터인 것 같다. 그런데 지금까지 단 한 번도 가시 때문에 목이 혹은 몸이 불편했던 적이 없다.

가끔 생각한다. 어른들이 아이들에게 "가시 조심해서 먹어" 혹은 다 큰 어른들이 잔가시까지 하나하나 발라내고 먹는 걸 볼 때면, 어쩜 내가 들이마시는 숨에도 내가 느끼지 못하는 가시가 있는 건 아닐까? 라는 생각이 든다.

"넌, 남에게 가시 박힌 말을 못하니 만날 그렇게 당하고 살지?
모진 말 못 해서 답답해 보이는 나더러 친구들이 그런다. 그런데 아니다. 내가 하는 말과 내가 쓰는 글에는 다 가시가 있다. 아니, 가시를 심어 놓는다. 내가 가시를 못 느끼고 생선을 통째 먹듯 그걸 사람들이 못 느낄 뿐.

남의
떡

남의 떡이 더 커 보이면 남의 아픔도 더 커 보여야
하는 거 아니야?
왜 이렇게 사람들이 일관성이 없지?

댓글달기

👍 좋아요

하늘의 배설

비가, 닭똥 같은 눈물 같다.

하늘도, 배설하고 싶은 게 많은 거지

댓글달기

과거의
오늘

Yesterday Yes a Day!

그래, 어제는 또 다른 하루일 뿐이었어. 자고 나면 그 모든 외로움이 지나갈 줄 알았는데, 다른 날이 오면 다를 줄 알았는데 그게 아니더라고. 반대로 사랑과 기쁨 또한 영원할 줄 알았는데 그것 또한 그런 게 아니더라고.

모든 날들이 다만 또 다른 하루일 뿐이야.

👍 좋아요

처음 베를린에 갔을 때, 창밖에는 초가을 비가 내리고 있었고 난 냉면 자르는 가위를 떠올렸었다. 테겔공항에서 빙빙 돌고 있던 가방들, 내리고 있던 빗줄기 모두 싹둑 잘라버리고 싶었으니까.

기숙사 엘리베이터는 온통 낙서 투성이었고 무거웠다. 문도 무겁고 엘리베이터 올라가는 소리도 무겁고 서울과는 반대. 당시 내가 느꼈던 서울은 빨랐고, 가벼웠고 베를린은 무겁고, 느려 터졌다.

'까악까악' 미친 거 아냐? 무슨 새소리가 깍깍 이야? 갑자기 히치콕 영화 '새'를 떠오르게 하는 공포가 찾아왔다. 기숙사 창문의 커튼을 살짝 내다보는데 시커먼 새 한 마리와 눈이 마주쳤다. 난, 영화처럼 뒤로 자빠졌다.

기숙사의 아침, 문 앞에서 안절부절못하던 중 바스락 소리가 나는 거다. 누군가 문 앞에 있다. 새는 아닐 테고. 이런 아침에 누가 남의 방문 앞에서 바스락 소리를 내느냐고!

'끼익' 방문 앞이 조용해지고도 한 시간이 지나서야 겨우 문을 열었다. 헉, 문이 잘 안 열린다. 영화에서 괴한이 못 들어오게 문 앞에 책상이며 의자며 잔뜩 올려놓은 것처럼 무언가가 있는 것 같았다. 하지만 그리 무거운 물체의 느낌은 아니었다. 뭔가 예감이 그리 나쁘지는 않았기에 용기를 내어 열었다.

바구니였다. 세 남자와 아기 바구니 영화에 나왔던 그런 바구니 말이다. 그 바구니 안엔 아기 대신 삐쭉 올라온 바게트에 빨간 리본이 하나 묶여 있었고, 그 아래 여러 종류의 잼과 치즈와 우유와 삶은 계란과 요구르트와 함께 적혀 있던 글...

〈너의 베를린 입성을 축하해 – 클라우디아〉

👍 좋아요

'고마워, 클라우디아! 넌 내가 맞은 베를린의 첫 번째 가을이야.'

댓글달기

베를린에서의 첫 봄

전쟁이 난 줄 알았다. 사람들이 마구 벗고 쏟아져 나오기에. 미친 듯 내 곁을 스쳐 뛰어가는 사람들을 보면서 처음엔 이해가 안 갔다. 그런데 오후 서너 시면 어두워지는 긴 겨울을 몇 해 지내다 보니 나도 그렇게 되더라.

그렇게 봄은 매년 전쟁처럼 찾아왔다.

이후 누군가 나에게 봄이 뭐냐고 물으면 단방에 '쏟아져 나오는 거'라고 말한다.

댓글달기

👍 좋아요

👍 좋아요

"프라우 김, 방금 연주한 악보 좀 가지고 와보세요."

마지막 코드를 누른 후 씩씩거리며 귀까지 시뻘게져 있는 내게 방금 연주한 악보를 가지고 오란다. 입학실기시험 감독의 지시였다. 못 알아들은 척 할 걸, 순간 후회했지만 이미 늦었다. 악보 좀 보겠다는 게 뭐 그리 대수냐 하겠지만 내가 연주한 악보는 세상에 단 하나밖에 없는 악보였다.

성악전공이었던 내가 베를린에 가서 교회음악으로 전과하기로 했다. 실기 시험엔 성악, 피아노, 오르간 세 가지. 성악이야 전공이었고 피아노야 뭐 좀 연습하면 되는데, 문제는 오르간 시험이었다. 생전 페달을 밟아본 적도 없는데 오르간 시험이라니! 일단 엄마한테 전화해서 오르간 신발을 하나 보내달라고 했다.

일주일 후 눈처럼 하얀, 발등에 끈이 하나 달린 천사 같은 오르간 신발이 도착했고 시험 곡도 정했다. 이제 남은 건 2주. 손가락은 돌아가는데

발가락은 오르간 신발 안에서 꼬물딱 거리기만 했다. 미치고 팔딱 뛴다는 말이 왜 생겼는지 알았다. 결국 난 하얀 천사 같은 오르간 신발 위에 뚝뚝 눈물을 떨구고 말았다.

그렇게 또 며칠이 지났다. 이제 넉넉한 일주일만 남았다. 그때 왜 내가 갑자기 그 일주일이 넉넉하다고 생각되었는지는 아직도 의문이다. 추운 겨울, 재킷도 입지 않고 목도리만 두른 후 뛰쳐나가 오선지를 왕창 사서 들어왔다. 그리고 밤이 올 때까지 오선지 위에 한 땀 한 땀 그림만 그렸다. 그날은 단 1초도 연습하지 않았다. 하지만 완벽하게 편안한 잠을 잘 수가 있었다.

잘 자고 일어난 다음 날부터 꽉 찬 일주일. 죽어라고 연습만 했다. 더 이상 내 천사 같은 하얀 신발은 눈물로 얼룩지지 않았으며 점점 더 착해지고 있었다.

👍 좋아요

일주일이 지났고 아무런 마음의 동요도 없는 상태에서 시험을 봤다. 성악, 피아노 시험을 무사히 마치고 마지막 오르간시험. 이상하게 기분이 새털 같았다. 내 발에는 천사 같은 하얀 신발이 신겨 있었고 내 손에는 내가 그린 악보가 들려 있었기에.

맞다. 난 발이 돌아가지 않자 페달 파트를 손가락으로 연주할 수 있게 악보를 다시 그렸던 거다.

"뭐 모든 음을 들려주기만 하면 되는 거 아냐?"

그러했으니, 연주한 악보를 가지고 오라고 했을 때 내가 얼마나 놀랐겠는가? 내가 그린 악보는 교수님들의 손에서 손으로 전달되고 있었다. 악보가 건너갈 때마다 심장의 습기, 위의 습기, 뇌의 습기들이 내 눈 쪽으로 몰려오고 있었고, 급기야 하얀 오르간 신발 위로 그 모든 습기가 쏟아지려는 순간 이 말 한마디를 들었고 난 합격했다.

"이렇게라도 할 수 있는 사람이라면 뭐든 할 수 있을 겁니다."

입시제도에서 그럴 수 있다는 게 한없이 부러웠다.

댓글달기

👍 좋아요

"내 몸이 Stimmgabel이야."

우리말로 음차라고 하는 이 물건은 두드렸을 때의 진동수를 표준으로 조율 및 음향에 사용되는 물건인데 교회음악가에게 없어서는 안 될 물건이다. 그래서 다들 필통에 필기도구는 없어도 이것만큼은 다 들어있다.

그런데 난 이 물건이 필요 없었다. 이 물건에서 나는 소리를 기준으로 모든 음을 잡을 수 있는 아이들이야 꼭 필요하겠지만 소리의 기준을 줘도 다른 음을 금세 잡아내지 못하는 나로선 없어도 되는 거였다. 물론 절대음감인 아이들도 엄청 많았고. 난 청음실력도 없었다.

합창지휘시간. 옛날 악보다. 8부 합창이다. 반주는 없다. Stimmgabel로 음을 잡은 후 기가 막히게 모든 파트를 초견으로 잘도 부른다. 밑에 있는 피아노로 한 번만 눌러주면 잘 부를 텐데 왜 굳이 이렇게 해야 하는 건지… 돌아가면서 합창지휘를 시킨다. 합창지휘란 게 앞에서 예쁘게 휘두르기만

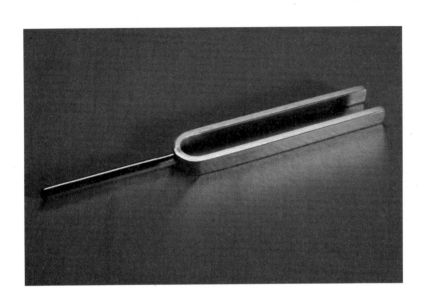

잘하면 되는 거였음 얼마나 좋을까. 난 그건 정말 자신 있는데. 우리가 어느 한 곡을 지휘한다는 것은 그 곡의 모든 파트를 한꺼번에 손가락으로 연주하고 모든 파트를 노래 부르고 모든 화음을 귀에 다 담고 있다가 누군가 살짝 어느 음 하나만 흔들려도 잡아내야만 한다. 이게 거의 초견으로 이루어지는 아이들. 그게 가능한 귀를 가진 아이들.

"저, 저만 당분간 미리 곡을 내주면 안 될까요?"
말이 좋아 당분간이지 거의 졸업할 때까지 난 한 주 전에 미리 곡을 받았다. 그리고 일주일 내내 그 곡의 모든 파트를 다 외우고 반주도 죽어라고 연습하고, 무조건 다 외웠다.

이때 얻은 게 두 가지 있었다.
첫 번째, 난 합창 지휘할 때 악보를 보지 않아도 되었기에 합창단원들 모두와 눈을 마주칠 수 있게 되었다. 아이 컨택을 한다는 건 정말 대단한 힘이었다.

두 번째, 친구들이 지나가다 툭, 하고 날 건드리기만 해도 난 '음~' 하고
음을 잡아줬다.

내 몸이 Stimmgabel이 되었다.

댓글달기

👍 좋아요

일 년에 한 번씩 오르간 여행을 다녔다. 교수님과 학생들이 버스를 타고 유럽 여러 곳의 성당과 교회의 오르간을 보고, 만지고, 연주하러 다니는 거다. 이곳저곳을 이동하며 하루에 서 너 군데의 오르간을 만났고 가끔은 오르간 만드는 장인들도 만났다.

"어떻게 잠을 같이 자?"

난 한국에서도 밖에서 잠을 못 잤다. 특히 다른 사람들과 한방에 자본 적이 없다. 대학 4년 내내 학교 엠티를 한 번도 가본 적이 없을 정도니, 말 다한 거다.

떠나기 전부터 걱정이었다. 마리안느와 죤냐가 나와 같은 방을 쓰기로 정해졌다. 마리안느는 긴 금발의 아주 보수적인 뮌헨 출신이었고 죤냐는 학생 대표였다. 둘은 친하면서도 질투하는 사이였고.

암튼, 버스를 같이 타는 것부터 막막했다. 누군가는 옆자리에 앉아서 가야 할 텐데 내가 말을 잘하는 것도 아니고 긴장의 연속이라고 생각하니 여행이고 뭐고 그냥 떠나는 날 딱 떼굴떼굴 구를 정도로 아팠으면 좋겠다는 생각도 했다. 그러나 내 몸은 멀쩡했다. 일단 버스 안쪽에 자리를 잡자마자 아무도 못 앉게 내 옆자리에 가방과 재킷을 잔뜩 올려놓았다. 다행히 버스 자리가 몇 개 비어서 일단은 나 홀로 앉을 수 있게 되었다.

"남지야, 안 심심해? 내가 거기 갈까?"
착한 마리안느였다. 난 들었지만 들리지 않은 척했다. 내 귀에는 이미 보여주기 위한 이어폰이 꽂혀있었으므로, 완벽했다. 일단은 성공했는데 목적지에서 자리를 옮길 때마다 이럴 수는 없지 않은가? 그래서 머리를 굴렸다. 가방에 들어있던 대학 노트 한 권을 꺼내서 샤프 연필로 열심히 뭔가를 썼다. 버스만 타면 써댔다. 그랬더니 내가 뭔가를 엄청 열심히 해야 하는 줄 알고 아무도 날 건드리지 않았고 난 며칠을 나 홀로 버스에 앉아서 갈 수가 있었다.

👍 좋아요

"너 쓰고 있는 거 뭐야?"

아르헨티나 남자아이였다. 약간 다혈질인 그는 도저히 궁금함을 참지 못하고 한글로 잔뜩 쓰여 있는 내 노트를 보며 물었다. 그때 마침, 내 노트에서 가장 눈에 띄었고 짧은 단어가 '허슬'이었다.

"허슬!"

"허슬? 그게 뭔데?"

난감했다. 이걸 어떻게 설명하지? 난 뭔가는 끄적여야 했기에 1번부터 8번까지 허슬 춤의 동작을 기억하면서 그걸 노트에 쓰고 있었던 건데... 이젠 뒤에 있던 아이들까지 내 자리로 몰려왔고 내가 설명해주기를 바라는 눈빛들로 날 바라보고 있었다.

"이건 말로 설명을 못해. 한국에서 예전에 유행했던 춤인데~"

결국 그날 난 중국음식점에서의 저녁 식사 후 네덜란드의 어느 광장에서 허슬 시범을 보였고, 우린 깔깔거리며 하나둘 하나 짝, 하나둘 하나 짝! 광장의 별빛과 함께 춤을 추었다. 어딘가에서 네덜란드의 풍차도 돌아가고 있었을 것이다. 허슬처럼. 내 기억처럼 빙빙~.

댓글달기

👍 좋아요

 좋아요

그
노
래
는

절
대
로

시
키
지

마

"남지한테는 절대로 Panis Angelicus 시키지 마!"

한국은 교회나 성당의 반주자나 지휘자가 봉사로 일하는 경우가 많다. 하지만 독일은 교회음악가가 제대로 된 직업이라 거의 주말에만 일하면서도 월급으로 가족을 먹여 살릴 수 있을 정도의 보수를 받는다. 물론, 주 중에 합창수업을 할 때도 있지만. 그래서 오르간을 아무리 잘 쳐도 교회음악가 자격증이 없으면 성당이나 교회에서 제대로 된 보수를 받으며 일을 할 수가 없다. 그런 만큼 교회 음악가들은 노래, 지휘, 반주, 미사 전례, 음악사 등 열다섯 개나 되는 모든 과목을 다 잘해야만 한다. 신부님보다도 끗발이 더 좋다고 말하곤 했다.

암튼, 휴가철이 되면 교회 음악가들도 여행을 떠나기에 우리는 서로 돌아가며 성당과 교회에서 노래와 반주와 지휘를 대신해주었다. 난 학교 들어간 지 얼마 되지도 않았고 오르간도 잘 치지 못 하는 거 세상이 다 알기에 반주해달라는 부탁은 들어오지 않았다. 그런데 어느 날 성당에서 노래 좀 해달라는 부탁이 들어왔다.

난 남들 앞에 서서 노래 부르는 게 싫어서 성악을 포기한 사람이라고 아무리 설명을 해도 2층에서 노래 부르는데 그게 무슨 상관이냐며 계속 노래를 해달라는 거다. 결국엔 거절을 하다 하다 못하고 친구의 성당에서 노래를 불러주기로 했다.

"Panis Angelicus 를 불러줘."

왜 또 그 노래야. 불길한 예감이 들었지만 어쩔 수 없었다. 아니나 다를까 일요일 오전 9시 미사, Pa nis An geli cus~ fit pa nis ho mi num~까지 부르다 목이 콱 막혀버렸다. 이 노래는 내가 서울을 떠나기 전까지 명동성당에서 결혼식 축가로 부르던 노래였다. 결혼 시즌에는 하루에 결혼식이 6번이나 있었기에 매일 6번씩 불렀던 노래. 노래 부르다 그 생각에 목이 멘 것이다. 그래도 그 상태로 끝까지 노래는 불렀고 아래서 미사를 보던 독일 신자들은 감정에 복받쳐 울기까지 하는 사람들도 있었다. 난 그 종교적인

👍 좋아요

감정이 아니었는데.

이후 학교에 소문이 쫙 퍼졌다.

"남지한테는 절대로 Panis Angelicus 시키지 마!"

댓글달기

그
때
그

사
람

"넌 왜 음악 공부를 하니?"

난 그를 '빨간 안경'이라고 불렀고, 그는 베를린 필하모니 합창단의 연습반주자였다. 그런 그가 내가 연습실에서 되지도 않는 연습만 하고 있으면 와서 물었다. 도대체 넌 노래 잘하면 됐지, 왜 굳이 되지도 않는 교회음악은 공부하겠다고 난리냐고. 그런 그가 싫지는 않았다. 그는 모든 합창곡을 초견으로 칠 수 있는 교회음악가였다. 우리가 말하는 초견으로 합창 악보를 연주한다는 것은 반주자 악보를 말하는 것이 아니다. 그들이 말하는 반주자 연주는 16부, 32부 합창곡이 있더라도 모든 파트를 초견으로 다 쳐 줄 수 있는 연주를 말하는 것이다. 그들은 악보를 가로로 보지 않고 세로로 본다.

어느 주말 연습실에서 연습을 하고 있는데 빗소리가 들렸다. 창문을 열었더니 슬픔이 몰려왔다. 엄마도 보고 싶고 처량해서 내친김에 '비가 오면 생각나는 그 사람~' 심수봉의 '그때 그 사람'을 빗소리에 맞춰 불렀다.

👍 좋아요

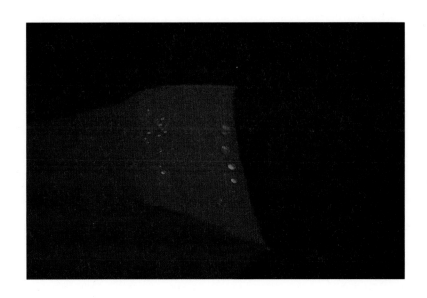

창문은 계속 열려 있었고 빗소리는 계속 들렸다. 잠시 후 난 연습실 문을 박차고 뛰쳐나올 수밖에 없었다. 바로 옆방에서 '그때 그 사람' 곡이 연주되고 있었으므로. 그것도 몇 가지 버전으로.

난, 연습실 문을 두드리지도 않고 활짝 열었다. 헉, '빨간 안경'이었다. 그 방도 창문이 열려있었다. 그는 내가 들어와도 아랑곳하지 않고 계속 '그때 그 사람'을 연주하고 있었고 난 '아이씨 아이씨'를 남발하고 있었다. 잠시 후 그가 말했다.

"이런 걸 그렇게 잘 부르는 애가 왜 오르간은 못 치니?"

댓글달기

👍 좋아요

여자들끼리 모여 남자들을 기다렸다. 사창가로 유명한 함부르크에 간 남자들을. 그날은 12월 31일이었고 우린 비싼 생굴과 연어를 먹겠다고 남자들 몇 명을 함부르크로 보냈다. 1.5세대라 유학생들보다 독일 지리도 밝고 말도 더 잘하는 한 남자만 제외하고서 모두 신나서 떠났다. '장크트 파울리'라는, 소위 말하는 사창가도 구경하겠다는 둥 너스레를 떨면서. 여자들과 1.5세대 남자는 한 집에 모여 그렇게 떠난 남자들을 기다리고 있었다.

"제발 오지 않기를."
그녀가 기도처럼 중얼거렸다. 1.5세대 남자를 좋아하는 여자였다. 우린 '뭐야?' 하는 눈빛으로 그녀를 바라봤고, 겸연쩍은 미소를 짓던 그녀는 "아니, 제발 눈이 오지 않기를 바란다고!" 그제야 우리는 1.5세대 남자를 바라보며 한마음이 되었다.

독일에는 신기한 겨울 아르바이트가 있다. 겨울 동안 눈이 오면 자기

 좋아요

거주지의 눈을 치우는 아르바이트. 우리처럼 눈이 오면 대처하는 게 아니라, 가을부터 준비한다. 그해 겨울을. 눈이 오지 않으면? 우리 돈으로 삼백만 원이나 되는 돈을 고스란히 받기만 한다. 일을 하나도 하지 않고서. 눈이 와도 수당이 삼백만 원에서 또 플러스 된다. 그러니까 그 삼백만 원은 겨우내 여행도 가지 않고 주거지에서 눈을 대비하는 수고비인 것이다. 이 얼마나 기가 막힌 아르바이트인가. 면허증만 있으면 할 수 있는 아르바이트다.

그래서 독일은 아무리 한밤중에 갑자기 눈이 와도 아침에 일어나면 제설 작업이 잘 되어있는 거다. 그해 1.5세대 남자는 그 제설 아르바이트를 신청했고 그래서 주거지를 이탈하지 못해 함부르크에 생굴과 연어를 사러 가지 못했던 거다.

남자들은 돌아왔고 우리는 생굴을 다듬고 연어 한 마리를 회도 치고 찌개도

끓이고 회덮밥까지 만들었다. 독일에선 정말 먹기 힘든 귀한 음식들만으로 한상을 차렸는데... '펄펄~' 눈이 내렸다.

1.5세는 뒤도 안 돌아보고 눈처럼 날아갔고, 우리는 서로의 눈만 바라보았다.

댓글달기

👍 좋아요

12월 31일. 슈테그리쯔 고가 위에서 자정을 맞았다. 성당에서 미사를 보고 집으로 돌아가던 길. 혼자 집에 가야 하는 여학생들 4명을 각자 집에 데려다주고 가느라 정작 난 12시 전에 집에 도착하지 못했다.

12월 31일. 밤 12시만 되면 베를린은 폭죽으로 인해 온 도시가 불바다 전쟁터가 된다. 슈테그리쯔 고가 위에서 난 꼼짝을 할 수가 없었다. '파파박 지지지직 퍼퍼펑 슈우우웅' 소리뿐만 아니라 불꽃들은 고가 위에 오른 채 잔뜩 겁에 질려 있는 내 차를 향했다. 일단 차의 기어를 중립에 놓고 음악을 크게 틀었다. 한국에서 동생이 녹음해서 보내준 테이프였다.

'뛰어갈 텐데 훨훨 날아갈 텐데~ 그대 내 맘에 들어오면~'
눈앞엔 폭죽이 펑펑 터지고 난 소리 내 펑펑 울었다.
그리고 혼자서 소리 질렀다.
"이 상황에 안 울 수 있는 사람 있으면 나와 보라고 해!"

세월이 지난 지금은 소리는 지르지 않지만…
'이런 글 올리면서 안 울 수 있는 사람 있음 나와 보라고 해!'
속으로 말하곤 울다가 웃는다.

댓글달기

👍 좋아요

좋아요

언젠가 독일 친구가 오르간 연습실에서 테이프 늘어진 것처럼 연주하면서 울고 있었다. 이유는 남자친구가 기차여행 중인데 그곳에서 어떤 여자를 알게 되어 같이 여행을 하고 있다는 거다. 그러면서 나더러 기차를 타봤느냐며 그 속성을 아느냐며 마구 울었고, 난 신촌역에서 교외선 타고 화사랑 갔을 때를 떠올렸는데 설명하기 복잡해서 고개만 끄덕였다. 그리고...

"있잖아. 새로움이라는 상큼함에 올라탄 사람을 당할 수 있는 헌것은 없어. 거기다가 너도 알다시피 기차잖니? 너 같음 그거 당할 수 있겠어? 그러니 새로움이 헌것이 될 때까지 기다려. 바흐 토카타와 함께. 그다음에 판단해도 늦지 않다고 생각해." 얄밉게도 난 요렇게 말했다.

몇 달 후 정말로 새로운 것이 헌것이 되어 거짓말처럼 그녀의 남자친구는 돌아왔고 그때까지 그녀는 내 말대로 죽어라고 연습만 했다. 돌아온 남자친구를 다시 만나러 가면서 그녀는 나에게 너무 고맙다며 나더러도 그런

일이 생기면 자기가 나처럼 해줄 거라고 말했다.

그래서 내가 속으로 그랬다. '미쳤니? 나 같음 끝이지!' 내 일일 때와 네 일일 때는 다른 거다.

기차 타기에 좋은 날이다.

댓글달기

👍 좋아요

모르는 노래 듣기를 좋아한다. 별로면 한 번 듣고 끝이고 좋아도 한 번 듣고 끝이다. 그게 무슨 곡이었는지 알려 들지 않는다. 그래서 내 마음엔 그리움만 가득한 곡들이 많다. 그중 최고는 나의 졸업 합창지휘 시험곡.

나는 독일 교회음악가 자격증을 가지고 있다. 한국에서 성악을 했지만 전과해서 15과목 모두를 다시 했다. 지금 하라면 때려잡아 죽여도 못하겠지만 그땐 시작했으니 끝낸다는 생각만 가지고 했다. 그중 내가 가장 좋아했던 과목은 '합창지휘'

졸업시험 중 가장 마지막에 보는 시험이 합창지휘다. 가장 중요하니까. 시험 곡은 미리 준비한 곡과 시험 보는 자리에서 갑자기 주는 아무도 모르는 곡이다. 나는 모차르트 레퀴엠을 준비했고 어느 파트에서 누군가 음정이 떨어져도 그게 누군지 잡아낼 정도로 모든 성부를 다 외웠다. 반주도 물론.

문제는 즉석에서 주어지는 아무도 모르는 곡. 물론 누군가는 알겠지만 어느 중세시대의 곡인지도 모를 희한한 곡을 잘도 찾아서 시험 곡으로 준다. 난, 귀가 그리 발달 되어 있지 않다. 교회 음악가는 악보를 가로로 보는 것뿐만 아니라 세로로 보는 습관을 지니고 있어야 하는데 한국 음악교육을 받은 난 그 또한 그들보다 발달되어있지 않았다. 그러한 것들이 어느 정도는 타고나야 하고 어릴 때부터 훈련돼야 한다는 것에 좌절할 때가 한두 번이 아니었다.

그런 나에겐 준비되지 않는 곡을 그것도 내가 부르고 연주하는 것도 힘든데, 합창단원들도 초견인 곡을 지휘해야 한다니. 다행히 4부였다. -가끔은 8부도 주니까.

나는 성악을 했기에 멜로디에는 강하다. 화성으로 곡을 봐야 하지만 멜로디도 모르는데 화음은 무슨... '띵~' 우리의 무기 슈팀가벨로 음을 한 번 잡은 후 겨우 멜로디만 스스로 한 번 불러봤다. 당시 합창단원들은 베를린

👍 좋아요

필하모니 합창단원들. 그 막강한 단원들을 앉혀놓고 그 고요함 속에 나의 흥얼거리는 멜로디만 들렸다. -아마도 그들 중에는 그 곡을 초견으로 아주 잘 부르는 사람들도 꽤 있었을 거로 안다.

주어진 시간은 15분. 나는, 4부는커녕 멜로디 하나만 겨우 아는 거로 시작한다. 일단 그들을 쳐다본다. 그리고 그들을 믿는다. 나의 믿음은 그들에게 전해졌고 그들은 의자에 기댔던 등을 모두 곧추세우고 나를 바라봤다. 나는 내가 알고 있는 멜로디 하나만 가지고 그 멜로디에 맞는 조화로움만 생각했다. 악보는 모른다. 그랬더니 우리는 하나가 되었고 시험은 끝이 났다.

나는 독일에서의 최고 점수 1점을 받았고 나와 같이 시험 보았던 음악성이 타고난 독일남부지방 아이는 재시험이었다. 시험이 끝난 후 재시험 보게 된 아이가 시험관을 찾아갔다. '내가 왜 재시험을 봐야 하냐고... 예를 들어 같이 시험 본 남지와 내가 그렇게까지 차이가 났느냐고...' 시험관이

👍 좋아요

말했다.

"당신이 앞에서 지휘할 때 합창단원들의 모습을 보았습니까? 그들은 하나같이 등을 의자에 기댄 채 있었습니다. 그리고 당신은 또 어땠습니까? 당신은 그들보다 당신의 악보를 더 많이 보았습니다."
내가 타고난 것도 별로 없는 음악성으로 점수를 받을 수 있었던 것은 실력이 아니었다.

다시 본론으로 돌아가서 나는 아직도 내가 무슨 곡으로 졸업시험을 보았는지 모른다. 겨우겨우 한 음 한 음 찾아가며 불렀던 그 느낌만 안다. 좋은 걸 간직하면 됐지 굳이 알려 하지 않는 게 내가 그리움을 쌓는 방법이다.

👍 좋아요

"베를린에 그렇게 오래 살았는데 그곳이 그립지 않나요?"라는 질문에 아무 생각 없이 "그리움은 나에게 많은 것을 가져다줍니다."라고 말한 후 마음에 온통 달떴다.

[Wernerwerkdamm 13629 in Berlin]

내가 살았던 집을 구글 지도로 검색했더니 바로 윗집 발코니엔 언제나처럼 보라색 화분들이 튀어나와 있었고, 길 건너 5개 국어를 하는 파키스탄 사람이 서빙하는 이태리 음식점도 여전했으며, 하물며 보라색 벤츠도 턱이 높고 좁아 몇 번을 왔다 갔다 해야만 겨우 주차하는 자리에 주차되어 있었고, 내가 남겨놓은 담벼락 낙서도 그대로 있었다.

난 일요일 오후면 늘 인라인, 자전거, 스쿠터를 질질 끌고 고요한 주말의 지멘스 공장 주차장에 갔었다.

아, 옆집 할머니는 아직도 일주일에 서너 번씩 구급차를 부를까? 한두 시간이면 다시 집으로 돌아오는 반복을 끝도 없이 하는데, 독일 구급차는 여전히 그럼에도 친절하겠지?

우리 집은 1층이었다. 아침마다 창가에 턱 괴고 앉아 6시 37분 버스를 타던 3층의 옷 잘 입는 남자의 패션을 구경하고 ―그는 남자를 사랑했다. 아! 그 전에 꼭 해야 할 일은 육중한 나무로 만들어진 셔터를 올리는 일. 집의 천장이 4미터는 되었기에 유리창의 셔터도 그 육중한 가로의 나무가 켜켜이 적어도 백 개는 세로로 매달려 연결되어 있었다.
그곳에 사는 동안 나무의 연결된 부분이 망가져 두 번이나 수리했고 ―그럼에도 교체를 하지 않고 수리를 하는 독일 사람들. 너무나 오래된 나무는 줄기의 표면에 형성되어 있었을 나무껍질이 결국 코르크cork 조직으로 변한 것 같았다. 가끔 난 밖으로 나가서 코르크같이 변한 부분을 만져보곤 했는데, 너무 낡아 조직이 떨어져 나갈 때가 있었다. 그럴 때면 언젠가

👍 좋아요

읽은 2.5㎠의 코르크 속에는 2억 개의 세포가 들어 있다는 소리에 1층 창
문 안의 내 방을 마주 보며 유리창에 비친 내 모습과 함께 슬퍼했다.

아, 3층의 옷 잘 입던 남자를 사랑했던 남자 이야기를 하려 했는데 나무
이야기로 빠졌다. 다시 되돌아가야 한다. 그러려면 나무와 나무껍질과 오
래되어 코르크 조직으로 변한 나무껍질 이야기와 연결시켜야 하는데... 코
르크의 그 많은 세포는 수지 막에 둘러싸인 상태로 한 개의 세포가 14개
의 다른 세포와 맞닿아 있을 정도로 빡빡하게 밀집되어 있단다. 그렇게 빡
빡함에도 코르크의 외형적인 부피 중 50% 이상이 공기로 구성되어 있기
에 매우 가볍고 신축성이 강해 강한 압박을 받은 후에도 그 압박이 제거
되면 본래의 상태로 금세 되돌아간다는 거지.

그들의 사랑이 코르크 같았다. 압박을 받은 후에도 신축성이 강해 압박이
제거되면 본래의 상태로 돌아가는.

낭
만
석
탄

베를린에서의 처음 몇 년, 직사각형의 석탄을 때며 살았다. 석탄을 잔뜩 쌓아놓는 일부터 겨울은 시작되었고 그 석탄이 몇 장 남지 않았을 때가 겨울의 끝이었다. 겨울 외출은 불씨를 꺼트리지 않기 위해 발을 동동 굴러야만 했고 그럼에도 4미터나 되는 천장은 추웠다.

나의 벽난로 이야기에 서울의 가족들은 낭만적이라며 부러워했고 나는 계속 낭만적이어야 했다. 그래서 직사각형의 꽤 무거운 석탄도 가볍게 여러 장을 들었으며, 하얀 양말의 바닥이 빨갛게 될 정도로 날리는 재는 건강에 좋다고 생각했고, 그 무겁고 딱딱하던 직사각형의 석탄이 재가 되어 쌓이는 걸 퍼내는 일도 포클레인 소꿉장난 놀이라 여겼다.

날 바라보게 만든 대로 나는 되어야만 했고 그건 나쁘지 않았다.

👍 좋아요

공유하기

전우익 선생님이 말씀하셨다. '혼자만 잘 살믄 무슨 재민겨'라고.

맞다. 좋은 소식은 같이 나누고 같이 잘 살며 함께 즐거워야 한다.

물론, 조심해야 할 소식이라면 널리 알려 같이 조심해야 하는 거고.

공유한다는 것은 글이든 음악이든 사진이든 내가 아는 것을 타인과 함께하고 싶다는 말이다.

공유할 수 없는 것보다 공유하고 싶은 것이 더 많아지면 세상은 지금보다 '좋아요!'가 더 많아질 것이다.

👍 좋아요

시원한 바람이 나오는 에어컨이 고장 나면 쇳소리가 난다. 자동차의 엔진과 터보가 연결되는 에어라인이 터져버리면 쇳소리와 바람 새는 소리가 나고. 쇠는 불보다 바람과 더 가깝다는 말이다. 일단, 광물질을 녹이는 건 불이지만 송풍장치를 활용하지 않으면 쇠가 될 수 없으니까.

그래서 쇳덩어리 같은 마음을 녹이는 건 불이 아니라 간절한 마음, 바람이다.

댓글달기

누군가의 뒷모습

79년 뉴욕, 어느 조각가의 작업실에 있던 낡은 소파가 마음에 들어 그 소파에 사람들을 앉히고 사진을 찍으며 전 세계 각양각색의 사람을 만나러 다닌다는 독일 사진가 호르스트 바커바르트(Horst Wackerbarth). 그리고 그와 함께 다니는 '붉은 소파'.

재활용 쓰레기를 버리러 나갔는데, 앗, 붉은 소파가 놓여 있다. 한참을 서서 바라보다가 눈을 감고 슬쩍 앉아 보는 상상을 한다. 돌아오며 아파트 경비아저씨가 앉아 계시는 뒷모습을 보게 되었는데, 왈칵 눈물이 쏟아질 뻔했다.
조금 전 상상 속 내 뒷모습도 저랬을까?

자신의 뒷모습을 볼 수 없다는 건 얼마나 다행스러운 일인가.

👍 좋아요

👍 좋아요

왜 내 글엔 위층에 사는 사람들 이야기가 많은지 궁금했다. 나한테 반말했던 중학생도 위층에 살고, 과하게 친절한 아저씨도 위층에 살고, 꼬치꼬치 질문하는 꼬맹이도 위층에 살고, 어디 다녀오느냐고 꼭 묻는 할머니도 위층에 살고, 물론 잘 생긴 남자 한 명도 위층에 살고 있다.

나의 위층이 특별해서 그런 줄 알았는데 가만 생각해보니 그냥 조금 더 길게 그들과 함께하기 때문이다. 나보다 아래에 사는 사람들과는 엘리베이터에 짧게 있다 보니 서로 상관할 시간이 부족할 뿐, 아래층 사람들이 덜 특별한 게 아니었다.

댓글달기

아 이 들 이 돈 을 숨 기 는 이 유

어릴 적, 집이 이사를 하게 돼서 대구에 있는 샛별 유치원을 중퇴하게 되었다. 이사하기 전날, 이담에 그 시절을 잊을까 봐 저녁을 먹다 말고 유치원으로 달려가 나의 전 재산인 동전 한 움큼을 유치원 마당에 깊이 묻었다. 그리고 손톱까지 흙이 잔뜩 들어간 손을 하고 흡족한 마음으로 집으로 돌아왔다. 돈은 소중한 거고 그런 소중한 전부를 그곳에 묻었다는 건 그만큼 중요한 거라 절대로 잊히지 않을 거라는 생각을 했던 것 같다.

오랜 세월이 지나 내가 다시 그곳에 갔을 때 유치원 마당이 있던 곳은 아스팔트가 깔려있었다. 하지만 내 기억이 온전하게 나와 함께 있는 한, 그곳은 영원히 나의 소중함이 묻혀있는 곳이다.

아이들이 돈을 숨기는 이유는 어른들의 그것과는 아주 많이 다르다.

👍 좋아요

신호등 앞에 있던 비둘기가 차도로 뛰어드니 5살 언저리로 보이는 남매 둘이 같이 뛰어들려고 했다. 난, 달려가 그 둘을 잡았고, 주위에 어른이 없음에 더 놀라 두리번거리고 있을 때 아무렇지 않은 표정으로 길옆 약국에서 아이들 엄마가 나왔다. 나만 놀라 가슴을 쓸어내리고 있었고 아이들은 멍한 표정으로 아무것도 모르는 엄마의 손을 잡고 그 자리를 떠났다.

빨간 코트의 여자아이가 저만치서 뒤돌아서 날 한 번 바라보는데, 하마터면 왈칵 눈물이 쏟아질 뻔했다.

슬픔이 신호등에 걸렸다.

댓글달기

비
닐
　두
　께
　의
　　마
　　음

비닐을 찢고 한 병만 빼낸 생수 한 박스가 사흘 동안 차 안에 있었다. 또 한 병을 빼서 마시려 봤더니 반 정도가 얼어있었다. 뭔가 이상한 생각이 들어 다른 병들을 하나하나 다 꺼내서 살펴보았다.

그 병만 얼어있었다. 이유는 그 얇은 비닐 때문. 한 병 빼면서 찢어 놓은 자리의 생수만 딱 반 정도가 얼어 있었던 거다.

아주 작은 찢김이라도 누군가의 마음이 얼 수도 있다는 생각에 가슴이 반쯤 얼어붙었다.

댓글달기

👍 좋아요

👍 좋아요

내가 포장할 때 예쁘게 포장하려는 것보다 더 신경 쓰는 건, 잘 뜯게 포
장하는 거다. 그건 아주 조금만 신경 쓰면 가능한 일이다. 예를 들어 스카
치테이프의 끄트머리를 접어놓는 것. 아무리 좋은 선물도 포장지 뜯다가
진이 다 빠져버리면 받는 사람은 힘이 들고 짜증이 난다.

포장만 그런 것은 아니다. 제발 좀 잘 뜯기고 잘 보이고 잘 열렸으면 좋겠
다. 포장도 과일도 병뚜껑도 시디 껍질도 글도 사람도.

댓글달기

사
랑
의

코
너
링

막상 커브 길에선 브레이크를 밟는 게 아니라 액셀러레이터를 밟아야 하는 거다. 곧 다가올 뻗은 길을 위하여. 브레이크는 커브 길이 보일 때 밟아서 미리 준비해야 하는 거다. 다가올 위험을 이전에 대비하듯.

사랑도 마찬가지다. 문제가 닥치려 할 때 미리 멀리서 보고 브레이크를 밟을 줄 아는 요령, 막상 문제가 닥치면 뻗어 나갈 앞을 위해 액셀러레이터를 밟을 줄 아는 용기, 그게 사랑의 코너링 기술이다.

댓글달기

👍 좋아요

 좋아요

내가 한창 공기놀이, 고무줄놀이, 땅따먹기 같은 바닥을 기어 다니는 놀이를 하던 어린 시절, 엄마는 늘 나에게 하얀 백바지를 입혔다.

내가 한창 과자, 사탕, 튀김 같은 살찌는 것만 골라서 먹던 사춘기 시절, 엄마는 늘 나에게 꽉 끼이는 **빽바지**를 입혔다.

나의 백바지는 늘 지저분했고 나의 **빽바지**는 늘 터질듯했지만, 시간이 흐른 뒤 난 깨끗하고 날씬한 아이가 되어 있었다.

엄마의 현명한 반대요법 때문이다.

관음증 환자

"나는 관음증 환자다"라는 고백으로 시작하는 미술사학자 '파스칼 보나 푸'의 책이 있다. 그 책은 결국 독자들에게 "나도 관음증 환자가 맞다"를 고백하게 한다.

작가는 스스로 먼저 죄를 뒤집어쓴 후 독자에게 면죄부를 주면서 결국엔 누드화를 제대로 감상할 수 있게 만든다.

굳이 벽에 뚫린 구멍을 통하여 엿보는 히치콕 영화 싸이코를 떠올리지 않고도 어떻게 보면 우리는 온종일 넓은 의미의 관음증 환자처럼 세상을 바라본다. 늘 들고 다니는 카메라 구멍을 통하여.

관음증 환자처럼 바라보는 세상이 아름답게 이해될 때, 진정 아름다운 세상이라고 생각한다. 그건 그만큼의 노력하는 소통이 이루어졌다는 거니까.

👍 너만 좋아요

알림

알림은 SOS 구조 신호.

"나 여기 있어요!"

"날 좀 봐주세요!"

5,000명의 친구가 있으면 뭐해, 다들 못 본 척 지나치는 걸.

너에게 필요한 건 1,000개의 좋아요! 가 아니라,

단 한 사람일지라도, 너를 향한 5초 동안의 관심.

하
이
빔

'타닥!' 자동차 하이빔을 껐다 켰다 하며 앞차를 재촉하고 위협하는 행위,
난 그걸 아주 잘했다. 습관화가 되어있을 만큼. 독일에서는 양보의 의미로
하이빔을 사용하기에.
내가 달리던 차선에 노란불이 들어오면 우리는 신호를 받으려 더 밟지만,
독일 사람들은 미리 서서 반대편에 오는 차에 대고 타닥, 하이빔을 쏜다.
'이쪽 노란불이니 그쪽 가셔도 돼요. 어서 가세요~' 하고.
그게 습관화된 나는 한국에 와서 몇 번 큰일 낼 뻔하고 나서야 겨우 습관
을 고쳤다.
아직도 가끔 손이 가긴 하지만. '타닥!'

댓글달기

👍 좋아요

 좋아요

루브르박물관에는 미켈란젤로가 끝내 완성하지 못한 2개의 미완성 조각
상이 있다. 그중 하나가 '죽어가는 노예상'. '빈사의 노예'라는 이름으로
잘 알려진 이 작품은 눈을 감은 채 두 손으로 머리와 가슴을 쥐어뜯고 있
는 남자 노예의 고통을 형상화하고 있다.

1890년 파리, 화가 르동은 자신의 아내에게 미켈란젤로의 '죽어가는 노예'
처럼 두 눈을 감고 머리를 어깨 쪽으로 기울일 것을 부탁한다. 그래서 완
성한 작품이 '감은 눈'(오르세미술관). 르동은 '빈사의 노예'를 보고 작품
의 영감을 얻던 날의 느낌을 일기에 기록한다.

"노예의 감은 눈 아래에 얼마나 고결한 의식적인 행동이 있는가! 그는 잠
들어 있다. 대리석 이마 아래 근심스러운 꿈을 꾸고 있다. 감동적이고 사
색적인 세계에 우리의 근심스러운 꿈을 놓아둔다."

근심스러운 꿈을 꾸고 있다니, 불안한 영혼을 가진 인간의 모습을 이처럼 무심한 듯 드러낼 수 있는 이가 세상에 몇이나 될까?

〈눈감은 표정전〉, 전병현 작가가 눈감은 얼굴들을 그렸다. 하나같이 무심하다. 무심코 그렸을 리는 없겠지만, 르동의 표현처럼 모두 근심스런 꿈을 꾸고 있다. 차면 기울고 기울면 다시 차오르는 달의 외형적 현상을 넘어, 더는 보탤 것도 뺄 것도 없는 인간 본연의 표정들이 '삭(朔)공(O)'의 벽에 걸려 있다.

한때 즐겨 듣던 노래가 있다. 윤여선이 부른 '얼굴'. '동그라미 그리려다 무심코 그린 얼굴'이라는 가사가 마치 돌덩이처럼 가슴에 들어앉던 노래. 무심(無心)이라니, 아무 생각이나 감정이 없는데 그려지는 얼굴이라니……

눈을 감아야 비로소 보이는 얼굴이 있다.

👍 좋아요

눈을 감아야 비로소 그려지는 얼굴이 있다.

댓글달기

디자인에서 결코 주인공이 될 수 없는 점과 선.

얇으면 가독성이 떨어지고, 굵으면 선이 아니라 면이 되어버리는 점과 선.

가장 세련된 굵기의 점선을 그리는 방법을 봄비는 알고 있다.

👍 좋아요

천운

난, 요행이나 행운을 바라지 않는다.

하지만 운명은 어쩔 수 없다는 걸 안다.

나에게 운명처럼 4잎 클로버와 기적처럼

7잎 클로버가 껑충껑충 뛰어들어왔다.

천운이란다.

바운스 바운스

가끔 말이야. 반대 방향의 고속도로를 탄다거나, 반대편 버스를 탄다거나,
바로 다음 정거장에서 내려야 하는 순환전철을 거꾸로 탄다거나 할 때 순
간적으로는 당황하는데 그 순간만 지나면 마음이 바운스 바운스 해.

그건 내가 행복하기 때문이라 생각해.

👍 좋아요

첫눈 왔어요. 첫사랑도 첫눈처럼 매년 와야 하는 거 아닌가요?

댓글달기

타임라인

너를 '나만 보기'로 해 놓을 거야.
자꾸 불쑥불쑥 튀어나오니까!

추억, 너 말이야!

어릴 때 장에 가면 난 늘 빈손이었다. 아빠와 병든 닭을 열 마리나 사서 다음날 다 죽었던 장날도, 엄마가 꼬막을 사서 꼬막찜을 해주었던 장날도, 동생이 볶은 땅콩을 공짜로 한 움큼 얻었다며 자랑하던 장날도, 또 다른 동생의 주머니에 유리구슬이 잔뜩 들어있던 장날도 늘 내 손은 빈 털털이였다.

그저 동생들이 먹는 오뎅 한 입, 도넛 한 입을 가끔 먹었을 뿐. 도대체 뭔가를 사달라는 말 자체를 할 줄 모르는 아이였다.

추운 한겨울의 어느 장날이었다. 그날도 역시나 내 손은 빈손이었고. 저만치 가족들과 조금 떨어져서 집으로 돌아가던 길, 난 겨울 장날에서 가장 비싼 걸 얻었다. 추웠지만 햇살이 쨍쨍 했고 사람이 많았다가 사라지다 보니, 그사이 틈이 생겼던 거다. 난 그 사이에서 어질어질한 듯 황홀한 봄기운을 보았다.

마구 달려와 공짜로 땅콩을 얻었다고 자랑하던 동생에게 "야, 난 더 비싼 거 얻었어. 봄!"이라 말했고, 동생은 날 이상하게 쳐다보며 들고 있던 땅콩 몇 알을 주었다.

그다음부터 장날이면 난 다음 계절을 찾는 버릇이 생겼다. 봄에는 여름을, 여름엔 가을을, 가을엔 겨울을, 겨울엔 찬란한 봄을.

댓글달기

👍 좋아요

꿈을 가지라고 아빠가 말했다. 조나단 갈매기처럼 높이 날아야 멀리
보인다고.
안경을 쓰면 칠판이 더 잘 보일 거라고 눈이 나쁜 내게 엄마가 말했다.

난, 엄마가 수수깡 안경 만들어 줄 때와 아빠가 목말 태워줄 때가 가장
멀리 잘 보이는데…

기분이 좋으면 눈이 더 잘 보이는 것 같다.

청포도나무가 있던 집에는 아빠가 시멘트로 만들어준 바닥 위에 포도나무 그늘이 있었고, 그 옆에는 작은 연못이 있었다. 아래아래 여동생은 연못 앞에서 빨래판을 가지고 놀다가 빨래판만큼 앞으로 넘어져서 우리 집 아이들 중 처음이자 마지막으로 이마에 서너 바늘 꿰매는 수술을 했고, 아래아래아래 동생이 태어났다.

나는 청포도나무 아래에서 매일 숙제를 했는데 내 옆에는 사람들이 식모라고 부르는 예쁜 언니가 있었다. 당시 엄마 아빠는 그 언니에게 우리를 맡겨두고 매일 밤 영화를 보러 나가셨고, 그렇게 하기 위해 엄마는 온종일 우리와 언니에게 잘 보이려 맛있는 간식을 만들어 주셨다. 언니는 아주 예뻤고 가장 찬란할 때 우리 곁을 떠났다. 엄마는 가장 아끼는 가죽 재킷을 언니에게 입혀서 떠나보냈다. 나는 서서 울었다.

골목에 있던 청포도나무집에서 대로변 집으로 이사 가던 날, 모든 이삿짐을

뺀 다음 나는 혼자 빈집에 다시 뛰어들어가 벽에 붙어 있던 시간표를 받아 적다가 마루에 떨어져 있던 내 핀을 발견했다. 그게 그렇게 슬플 수가 없었다. 한 달 후 나는 그 이야기로 글짓기를 해서 상을 탔다.

마지막으로 청포도가 있던 집에는 거지가 오면 조용하고 아는 사람이 오면 마구 짓던 강아지도 있었다. 나는 늘 그 강아지에게 왜 그런지 이유를 물었고 강아지는 꼬리만 흔들었는데 그건 거지가 왔을 때 하는 행동이기에 나는 "내가 거지냐?"고 묻기도 했다. 지금 생각해보니 아는 사람보다 식구보다 거지보다 날 더 좋아해줬던 것 같다.

청포도나무가 있던 집은 그랬다.

👍 좋아요

엄마는 우리가 살았던 집을 늘 희한한 이름으로 명명했다. 청포도나무집 바로 다음에 살았던 집을 엄마는 '무대집'이라고 했다. 왜 그 집이 무대집 이었을까? 무대처럼 생긴 거라고는 아무것도 없었는데 말이다.

당시 아빠가 가장 바쁘게 일하실 때이기도 했고 사람들이 식모라고 불리던 언니도 떠났기에 영화를 보러 갈 시간도 없어진 엄마와 난 늘 동생들을 재워놓고 아빠를 기다렸는데, 우리가 아빠를 기다린 곳이 길거리의 구멍가게 앞에 있던 대청마루였다. 내 발은 바닥에서 한참을 떨어져 까딱거리고 있었고 엄마는 그 시간에도 아빠에게 잘 보이려 화장을 하고 있었다.

엄마가 이름 지은 '무대집'에서 나는 사람들이 사는 모습을 내 무대 위에 올렸고, 아마도 당시 그 앞을 지나가던 사람들도 구멍가게 앞에 내놓은 대청마루를 무대로 보았을 것이다. 나는 가끔 무대 위에 올라가 노래도 불렀으니까.

👍 좋아요

사람은 누군가의 무대가 되었을 때, 혹은 무대가 되어 줄 때가 가장 아름다운 것 같다.

댓글달기

👍 좋아요

내가 돌아올 때까지 동생들은 돌솥 비빔밥을 먹지 못했다.

명동 돌솥 비빔밥이 한창 유행하던 때 난 한국을 떠났다. 내가 떠난 후 동
생과 엄마가 쇼핑을 나갔다가 돌솥 비빔밥집에 가게 되었는데, 엄마가 돌
솥에 고개를 숙이고 펑펑 우셨다고 했다. 떠나기 전 명동에서 돌솥비빔밥
을 먹은 적이 있었는데 그땔 생각하셨던 거다.
"남지가 이걸 얼마나 맛있게 먹던지~"

당황한 동생이 "누나 얼굴이 그렇게 시커매? 돌솥을 보고 누나 생각이 나
게?"라며 웃겨도 엄마는 울음을 참지 못했고 결국 밥을 못 먹고 음식점을
나왔다고 한다.
그날 동생은 나머지 동생들을 불러 놓고 "니네, 엄마한테 절대로 돌솥비
빔밥 먹자고 하지 마!"라고 단단히 일렀단다.

난 그 이야기를 '까악까악' 우는 시커먼 새가 창틀에 앉아 있던 베를린의 학생 기숙사 공동 부엌에서 동생의 편지를 읽으며 알았다. 그때 난 한국으로 귀국하던 선배 언니가 주고 간 귀한 돌솥으로 열악하나마 돌솥비빔밥을 준비하던 중이었다.

엄마와 난 똑같이 돌솥비빔밥에 대한 추억을 간직하고 있었지만, 엄마는 저절로 떠올라 못 드셨고 난 엄마를 떠올리려 굳이 만들어 먹었으니, 추억도 기억하는 것과 기억하려는 것의 차이에 따라 이렇게 달라질 수가 있는 거다.

댓글달기

 좋아요

기분이 이상했던 날 친구가 무슨 일이 있느냐고 물었다. 무슨 일이 있는 건 아니라 아무 일 없다고 말했다. 집에 왔더니 엄마가 또 학교에서 무슨 일 있었느냐고 물었다. 난 무슨 일은 없었기에 아무 일 없었다고 답했다.

엄만 계속 물었다. 분명 너 무슨 일 있다고, 도대체 무슨 일이기에 엄마한테 말을 못하느냐고, 9시 뉴스 할 때까지 엄만 계속 쫓아다니면서 물었다. 난 계속 가만히 있었다. 그러다 일기예보에서 천둥 번개를 동반한 비구름이 몰려오고 있다고 하는 순간 난 터졌다.

"기분이 이상한 게 무슨 일은 아니잖아요!"
그렇게 나의 사춘기는 시작되었고, 내 기분이 이상하면 그게 바로 사건이 된다는 생각에 그날로 이상한 기분은 끝이 났다.

류
씨
네

장
독
대

그녀의 언니가 미스 경북에서 2등을 했다고 했고, 우린 '와~' 했다.

"요번 주말에 우리 집에 놀러들 안 올래?"

그녀의 집은 동네에서 유명한 연탄집이었다. 그러니까 연탄을 파는 집이 아니라 연탄을 만드는, 그녀와 그녀의 미스 경북 2등을 한 언니는 연탄공장 사장 딸이었다. 난 우리나라에 유 씨가 아니라 류 씨가 있다는 걸 초등학교 5학년 때 처음 알았다. 그녀는 류 씨를 너무나 자랑스러워하며 자기 이름을 말할 때 꼭 혓바닥을 조금 내밀어 굴리며 발음했다. '류~' 하고.

어마어마했다. 시골집이 큰 건 별거 아니기에 웬만큼 커도 놀라지 않는데 그녀의 집은 정말 컸다. 아니 넓었다. 하지만, 넓은 만큼 근사하지는 않았다. 그냥 넓었다. 우린 숨바꼭질을 하기로 했고 난 이렇게 넓은 집에서의 숨바꼭질은 탁월한 선택의 놀이라고 생각했다. 숨을 곳을 찾으러 여기저기 돌아다니며 '연탄 사장 집엔 연탄이 하나도 없구나'라는 생각을 하기도 했다.

👍 좋아요

난 어릴 때 연탄구멍 사이로 들어오는 빛에 대한 환상이 있었다. 연탄은 한 장도 못 찾고 햇살만 눈부신 덩그런 마당 한구석에서 내가 발견한 건 탁구대와 장독대였다. 탁구대 한쪽 위에 놓여있던 탁구 라켓과 찌그러진 오렌지색 탁구공, 뒤쪽 마당엔 엉겅퀴들의 몸부림. 그리고 엄청 큰 장독대와 빨간 벽돌 몇 개. 장 냄새가 아니라 연탄 냄새가 났고 들어오는 햇살이 연탄구멍 사이를 뚫고 지나가는, 늘 내가 환상을 가지고 있던 그 빛이 들어왔다. 난 온몸으로 연탄구멍 사이로 들어오는 빛을 받았다.

장독대 안에 숨었고 아무도 날 발견하지 못했고 놀이는 사건이 되었다. 난 잠이 들었고 아우성에 깼고 연탄구멍으로 더 이상 햇살이 들어오지 않을 시간에 친구들의 황당한 눈빛을 보았고 내 눈이 새까만 연탄이 되었다.

밤의 불빛은 연탄구멍 사이를 통과하지 못했다.

👍 좋아요

나와 네 살 차이인 여동생은 어릴 때 이사만 갔다 하면 길을 잃었다. 일 년에 한 번꼴로 이사를 하니 도대체 몇 번의 길을 잃은 건지. 난 무서워서 길을 다 알기 전까지 집에서 나가질 않는데 유난히 호기심이 많은 동생은 이사 간 첫날부터 사라지곤 했다. 언젠가 이사 가던 날 난 동생을 대문 앞에 세워놓고 교육을 했다.

"너, 지난번처럼 오늘 또 나가서 길 잃어버리면 큰일 나. 그러니까 절대로 문밖에 나가지 마 알았지?"
그래도 안심이 안 돼서

"꼭 나가게 되면, 봐봐 여기가 우리 집이지? 처음엔 여기서 저어기 골목까지만 나가. 거기까지 기억이 완성되었으면 그 담엔 골목에서 오른쪽 첫 번째 건물 나올 때까지만 가고, 그 건물까지가 기억되면 그 담엔 그다음 건물까지만 가고. 그렇게 조금씩 조금씩 기억이 끝나면 움직여. 알았지?"

이후 동생은 길을 잃어버리지 않았다.

우리 마음에도 거점을 만들자. 조금 나갔다가 되돌아오고 또 조금 더 멀리 나갔다가 되돌아오고 그러다 보면 아주 멀리도 나갈 수 있을 테니까. 하지만 꼭 되돌아오자.

마음의 거점은 중요한 지점이니까.

댓글달기

'

👍 좋아요

👍 좋아요

어릴 적 워낙 전학을 많이 다니다 보니 반년 정도 다닌 학교도 있었다. 어색하게 전학생 인사를 나눈 다음 날 비가 왔다. 연초록빛 장화를 신고 연초록빛 우산까지 든 등굣길이었다. 길이 좋지 않아 웅덩이가 많았다. 난 장화 신은 김에 물 고인 웅덩이만 골라서 걸어갔다. 내 발걸음에 반응하는 물 튀김이 재미있어서.

조금 큰 웅덩이를 지날 때였다. 내가 첨벙거릴 때 지나가던 남자아이 바지에 물이 튀었다. 어른스럽게 까만 우산을 쓴 그 아이는 화를 내지 않고 "재밌지?"라고 말했다. 난 미안하기도 했고 전학 간 어색함도 있고 민망하기도 해서 "나 나쁜 사람인가 봐."라고 대답했다. 내가 정말 나쁜 사람 같았다.

같은 교실로 들어갔다. 그러니까 우린 같은 반이었던 거다. 대각선 자리에 위치한 그 아이의 눈길을 온종일 피해 다녔다. 종례를 마치고 드디어

하굣길. 똑같은 연초록빛 장화와 우산을 들고 실내화를 갈아 신는 순간 "잠깐 일루 와 봐." 어른스럽게 말하는 아이는 아침에 까만 우산을 들었던 그 아이였다. 난 순간 날 해코지 하려는 줄 알고 잔뜩 긴장하면서 조심스레 따라갔다.

학교 건물 뒤엔 아주 큰 웅덩이가 있었고 오전 내내 내린 비에 웅덩이 한가득 물이 고여 있었다. 좋아서 어쩔 줄 몰랐음에도 티를 못 내고 우물쭈물하고 있었더니 "이제 집에만 가면 되는데 뭐"라고 말하며 나처럼 장화가 아닌 하얀 운동화를 신은 그 아이가 먼저 웅덩이에 들어가 물을 튀기기 시작했다. 둘이 첨벙대는 소리가 파도 소리보다 더 크게 느껴졌다.

지금도 연초록 장화만 보면 내 얼굴 어딘가에 '톡' 하고 물방울이 튄다.

👍 좋아요

그때 처음 보았다. 미아리 텍사스촌이라는 곳을.

당시 나는 꽃피는 계절의 고3이었다. 다들 입시준비로 어둑할 때 집에서 나와 깜깜할 때 집에 들어갔으니 꽃이 피었는지 졌는지 알 수가 없었다. 당시 우리 학교 교정엔 사시사철 푸른 나무들만 있었다. 고작 점심시간에 옥상에 올라가 캔디 만화책 들고 "너는 캔디하고 너는 테리우스 그리고 난 오늘 이라이자할게"라며 만화책 낭송을 하던 게 작은 낙이었다.

시험 볼 때 문제 생기면 안 되니까 미리 치과 치료받으러 다니자는 엄마 손에 이끌려 아주 멀리에 있는 치과엘 다녔다. 외삼촌 친구분이 하신다는 치과였다. 그날부터였다. 나의 고3이 점점 행복해지기 시작한 것은.

구스타프 말러의 '죽은 아이를 그리는 노래'를 그곳에서 처음 들었다. 낡은 건물의 어두침침한 2층 계단을 올라갈 때 들리던 음악이, 병원 문을

열자마자 기다렸다는 듯이 내 마음에 들이닥쳤다. 고작 2주 정도 치료받으러 다녔는데 그 2주가 나의 고3 일 년을 온통 억눌렀다. 힘들고 지치고 슬퍼질 때마다 눈을 감고 그곳에서 치료받았을 때의 모차르트를, 그리그를, 슈만을, 브람스를 떠올렸다.

그 기억은 너무나 강렬해서 일 년 후 내가 음대에 들어갔을 때 처음으로 구스타프 말러의 '죽은 아이를 그리는 노래'를 부르겠다고 했다. 교수님은 일 학년이 부를 곡은 아니라 하셨고, 결국 4년 후 독창회 때 마지막 곡이었던 카르멘의 하바네라를 부르기 바로 전 말러의 곡을 넣었다. 노래를 부르면서 난 고3 때 어두침침한 계단을 올라가며 들었던 말러를 떠올렸고, 그것은 치과 치료에 대한 두려움이었다는 것을 알았다.

말러의 노래가 흐르던 치과에 가기 위해서는 미아리 텍사스촌을 지나 세 정거장을 더 가야만 했다.

비
가

기
억
을

두
드
린
다

오래전 클래식 음악 감상실, 60대 커플이 내 앞자리에 앉아서 차를 마시
며 음악을 듣고 있었다.

"소리 좀 크게 해달라고 해봐요. 잘 안 들려요." 할머니가 할아버지에게 수
줍게 말했다. 할아버지 순간 당황한 표정을 지으시며 "조금 있으면 커져
요." 했다. 잠시 후 할머니 "아이고, 여기 음악 감상실은 소리 조절을 너무
못하네. 지금은 또 너무 크게 틀고..." 그럼에도 할아버지는 그런 할머니를
너무나 사랑스럽게 바라보았다.
그때 난 에이스 과자를 커피에 찍어 먹으며 엉뚱한 디제이가 되고 싶었다.
피아니시모일 때 미리 볼륨을 올리고 포르테일 때 미리 볼륨을 내리는...
그래서 처음부터 끝까지 같은 볼륨으로 음악을 들려주는 그런 디제이 말
이다.

비가 기억을 두드린다.

👍 좋아요

비활성화

가끔은 나를 비활성화하고 싶은 날이 있지.

인생이란 계정을 아주 로그아웃 할 수는 없고,
가끔은 마음만이라도 잠시 비활성화 하고 싶어.

 좋아요

창문 너머로 몰래 보았다. 학생주임 선생님께 걸려서 반성문을 쓰고 있는 우리 반 친구를. 그녀는 반성문을 쓰면서 웃고 있었다. 긴 복도를 걸으며 생각했다.

'반성문은 얼굴 보고 죄송하다고 말할 수 없을 때, 그러니까 진심으로 죄송하지 않을 때 쓰기에 좋은 거겠다. 내가 만약 선생이 된다면 반성문 같은 거는 안 쓰게 해야지. 대신 두 손 잡고 두 눈 마주 보고 말하게 해야지. 그때 말하지 못하면 그건 거짓말을 못 하는 아이라 생각하고 그 점에 높은 점수를 줘야지.'라고.

고개 숙이고 긴 복도를 걷는데 그날따라 실내화의 코끝이 유난히 더러운 것 같아 교실에 도착하자마자 하얀 분필로 실내화 코끝을 칠했다.

하얗게 된 실내화 코끝이 반성문 같았다.

적
당
히

적당히 느리게 치라고 해서 그렇게 피아노 연습을 했는데, 선생님은 수업
빨리 끝내고 어디 가려 하느냐고 하셨다.
적당히 소금을 넣으라고 되어 있어 그렇게 넣었는데, 엄마는 나의 첫 요리
인 소고기뭇국이 맹탕이라고 하셨다.

난 세상에서 적당히라는 말이 제일 싫다.

댓글달기

👍 좋아요

조
리
법 　너무나 많은 감정을 쏟아놓고 싶을 땐, 눈물과 핏물만 몰린다.

　고깃국을 끓이기 한두 시간 전, 차가운 물에 핏물을 빼는 이유
를 알겠다.

　감정이 끓기 전,

　차가운 외면에 눈물을 흘렸다는 것을 너만 모른다.

👍 좋아요

소
통

잘해야 본전이라고 생각하게 되는 건 참 슬프다.

댓글달기

휘청거릴 때
지지대를

내 마음에도 지지대 같은 거 하나 있으면 좋겠다.

휘청거릴 때마다 지지대를!

댓글달기

👍 좋아요

난 가늠이 안 되는 것들은 다 무섭다.

바다도 무섭고 속을 알 수 없는 사람들도 무섭고.

그런 내가 그런 무서운 바다에 뛰고 들고 싶을 때가 있었다.

뱃멀미 때문에.

복병은 늘 하찮은 곳에 숨어 있다.

👍 좋아요

월
세,

너
였
니
?

난 무언가를 외울 때 눈으로 외운다. 번호도 눈에 새겨 넣고, 스토리도 이미지로 눈에 새겨 넣는다. 한 번 담으면 안 잊혀서 힘들 때도 있다. 그래서 요즘은 웬만하면 눈에 담지 않으려 애쓴다. 함께 하지 않을 수도 있는 추억은 나중에 힘드니까.

며칠 전부터 계속 모르는 핸드폰 번호가 눈에 띈다. 내 휴대폰을 뒤져봐도 그런 번호는 없다. 이상하다 했는데 좀 전에 사진 정리 하다가 발견했다. 황토색의 담벼락이 예뻐서, 그리고 '월세줌'이란 문구가 재밌어서 달리다 말고 창문 열고 슬쩍 찍었던 사진. 월세줌, 바로 저 핸드폰 번호였다.

한 계절만 저곳에 월세를 지불하고 싶다.

무슨
생각을
하고
계신가요?

"무슨 생각을 하고 계신가요?"라고 내게 묻는 건
"무슨 글을 쓰고 계신가요?"라고 묻는 것과 같다.
생각하고 나서 글로 옮기는 사람이 있는가 하면,
생각함과 동시에 글을 쓰는 사람도 있다. 나는 후
자의 경우다. 비록 덜 다듬어졌더라도 떠오르는 생
각이 꼬리를 물면서 한숨에 글로 옮긴다. 그런 글
은 한 번 익힌 고기보다 날 것을 저며 잘라낸 날생
선 같다.

그래서 말인데, 나는 무슨 생각을 한 다음에 글을
쓰지 않고 글을 쓰면서 생각을 완성한다.

언제나 시작인 내 인생처럼.

👍 좋아요

살
아
가
는 동안에

큰아버지는 날 늘 자전거 뒤에 태워주셨고, 작은아버지는 목말을 태워주
셨으며, 아빠는 날 늘 안아주셨다.
큰아버지의 자전거 뒷자리는 없어진 지 오래고 작은아버지도 날 목말 태
워주지 못한다. 하지만 아빠는 아직 날 안아주신다.

난 아이들에게 더 쉬운 방법을 찾아봐야겠다. 그래야 오래오래 해줄 수가
있으니까.

예를 들어 손잡아주기, 머리 쓰다듬어주기, 뽀뽀해주기 뭐 그런 거.

댓글달기

옷이
가방을
들어
준
다 난 끈이 두껍고 긴 가방을 옆으로 메고 다닌다. 그런데 가방의 무게가 같을 경우, 얇은 옷 입었을 때와 두꺼운 옷 입었을 때 내 어깨가 느끼는 강도가 아주 다르다는 걸 알았다. 두꺼운 옷을 입었을 때 가방이 더 가볍게 느껴진다.

아마도 옷이 가방을 들어주나 보다.

서로 힘들 때 두꺼운 옷 정도의 힘이 되어주면 좋겠다. 딱 그만큼만.

댓글달기

👍 좋아요

 좋아요

내 눈길이 머무는 곳에 늘 그의 손이 있었다. 가지 조림에 눈이 가면 그의 손은 가지 조림을 들고 있었고, 나이키 운동화에 눈이 가면 그의 손은 지갑을 열고 있었다.

내 눈길이 머무는 곳에 늘 그의 발이 있었다. 헬륨 풍선에 눈이 가면 그의 발은 껑충 뛰었고, 굴러가는 공에 눈에 가면 그의 발은 맨발로 달렸다.

언젠가 그가 내 눈길을 쫓을 수 없을 때, 난 그의 손과 발이 되어줄 수 있을까?

댓글달기

컨
테
이
너
가

도
착
하
던

날

오랜 베를린 생활을 끝내고 한국에 돌아온 지 두 달쯤 지났을 때 컨테이
너가 도착하자 엄마가 짐 정리를 도와주러 오셨다.

"이게 다야?"
대형 컨테이너에서 나온 짐이라곤 집채만 한 오르간과 책밖에 없는 걸 본
엄마의 눈빛은 '밀레, 지멘스, 보쉬, 아에게…' 뭐 이런 상표들을 찾고 있는
듯했다.

"어떻게 독일에서 그렇게 오래 살다 온 애가 그 흔한 쌍둥이 표 칼 하나,
휘슬러 압력밥솥 하나가 없느냐?"
엄마의 한숨 소리에 대고 난 말했다.

"엄마, 이 머그잔은 내가 베를린 도착해서 쿠담 거리 옆 페스탈로치 거리
에서 1마르크, 그러니까 한국 돈으로 당시 오백오십 원 주고 산 건데 아직

👍 좋아요

도 너무 튼튼하고 예쁘지? 그리고 이 지그재그로 된 칼은 일 마르크 구십구 페니히, 그니까 천 원 정도 주고 산 건데 십 년 넘게 썼는데도 그대로고 너무 잘 들어. 독일 사람들 정말 물건을 잘 만드는 것 같아."

엄마와 나, 뭔가 달라 보이지만 우리는 같은 이야기를 하고 있었던 거다. 나는 나와 물건의 역사를, 엄마는 물건과 물건의 역사를.

암튼, 역사는 중요한 거다.

댓글달기

 좋아요

감동적

영화는 실화 같아 감동적이래고
실화는 영화 같아 감동적이란다.
감동적은 반대로 크게 움직이는 것. '휙~'

댓글달기

이
스
트
팩
과

캔
뚜
껑

예전에 한동안 유럽에서 '이스트 팩(배낭형 가방)'이 유행한 적이 있었다. 남자친구는 떠나도 이스트팩은 늘 내 곁에 있다며, 우리는 줄창 메고 다녔다. 가방 안은 나만의 성과 같아서 오만가지 소품들이 들어 있었고, 가방 지퍼엔 링 같은 캔 뚜껑을 줄줄이 이어서 달고 다녔다. 지퍼에 매달려 있는 캔 뚜껑들은 내가 발걸음을 옮길 때마다 '촤르르르' 소리가 났는데 그게 그렇게 기분이 좋을 수가 없었다. 난 걷기만 하면 되었다.

다시 이스트팩을 메고 다닐 거다. 어제까지 아무 소용없던 것들이 갑자기 소중해졌다. 아니, 그것은 원래 소중했던 거였는데 내가 잠깐 잊고 지냈던 것이다. 오늘부터 열심히 캔 뚜껑을 모으기만 하면 된다.

댓글달기

👍 좋아요

돈
주
고
못
사
는
것

동네에서 여자아이들이 돗자리를 깔고 그 위에 앉아서 물건을 팔고 있었다. 머리핀도 있고 동화책도 있고 장난감도 있다.
나는 정든 물건을 못 산다.

오래전 베를린 공과 대학교 앞에는 매주 토요일 벼룩시장이 열렸다. 언젠가 나는 그곳에서 담요 위에 앉아서 물건을 팔고 있는 9살 여자아이의 테디베어를 샀다가 되돌려 준 적이 있다. 9살이 될 때까지 물고 빨아서 반질반질해진 테디베어의 콧잔등을 보는 순간 내 코끝이 시큰거려 돈만 내고 되돌려 주었다. 그 아이는 자기의 소중한 테디베어를 팔아서 할머니의 선물을 사려 한다고 했다. 어떡하면 9년이나 정들었던 테디베어를 팔 생각을 할 수 있을까? 그 어린 마음이 얼마나 아팠을까? 이후로 난 다른 사람의 정든 물건을 못 산다. 그냥 준다고 해도 사양한다.

정은 돈 주고 못 사는 거니까.

👍 좋아요

 좋아요

발
착

"저기까지 누가 먼저 가나 내기할까?"
거창하게 뭘 거는 것도 아니면서 어릴 땐 그렇게 어딘가에 먼저 도달하는
내기를 많이 했던 것 같다. 아빠와 할 때는 아빠가 날 저만치 앞에 세워
둔 후 시작했고, 동생들과 할 때는 내가 동생들을 저만치 앞에 세워준 후
출발했다.

어느 날 동생들끼리 같은 놀이 하는 걸 옥상에서 내려다보게 되었는데, 위
에서 내려다본 내 눈에는 시작 지점이나 도달점이나 별 차이가 없었다. 아
등바등 별거 아닌 일로 내기하며 우기는 우리를 하늘에서 누군가 내려다
보고 있다면 얼마나 우스울까?

출발하는 순간, 이미 도달일 수도 있다.

첫
마
음
이

개
발
이
다

맨 처음 스트레이트 파마가 나왔을 때 널빤지에 석고를 발라 머리가 한 짐
이 되어도 곱슬기가 빠지는 것이 신기하고 좋아서 몇 시간을 꾹꾹 참았다.
마술처럼 곱슬머리가 쫙 펴졌다. 벌써 마술이었는데 스트레이트 파마가
잘 안 먹을 때쯤 매직 파마라는 것이 새로 나왔다. 무거운 석고를 바르지
도 않고 곱슬머리는 널빤지처럼 쫙 펴졌다. 그대로 충분히 훌륭했다. 하지
만 매직 파마가 잘 안 먹기 시작한다. 이제 또 새로운 것이 나올 때가 되었
나 보다.

기술이 발전하면 할수록 기술자들은 퇴보한다.

첫 마음이 개발이다.

👍 좋아요

나만
보기

누구에게나 '당신이 좋아요'라고 말하는 사람은
그 누구도 좋아하지 않는 거지.

'너만 좋아요'라고 쓰고 '나만 보기'로 해놓을게.

사
이

가려운데 어디가 가려운지 잘 모를 땐 대부분

손가락과 손가락 사이다.

문제가 있는데 그 문제가 무언지 잘 모를 때

대부분 너와 나 사이인 것처럼.

댓글달기

👍 좋아요

비
가

바
다
에 닿으면

"앗 짜" 발을 '동동' 구르느라
그렇게 유난스러운가 보다

댓글달기

여행

한 번도 눈 온 적 없고,
한 번도 비 내린 적 없고,
한 번도 사랑한 적 없다.

모든 그곳에서의 나는...

처음으로 눈이 오고
처음으로 비가 내리고
아직도 첫사랑이 많이 남아있다.

뜨겁고 간질거리고 깜짝깜짝 놀라며.

살아있다는 것

난, 쌀통에 쌀이 쑥쑥 꺼질 때 살아있다는 걸
느낀다.
뭐든 채워지는 것 보다 비워질 때 말이다.

댓글달기

👍 좋아요

이
런

봄
밤

이런 봄밤이면 담벼락 타고 넘어온 꽃향기 맡으며 "나, 지금 니네 집 앞인
데…"라고 전화하는 거, 해보고 싶었는데 여태 못 해봤다. 그런데 분명 못
해봤는데 아주 많이 해본 것 같아서 왜 그런지 생각해봤더니 상상을 너무
많이 했다.

상상만 하고 못 해본 것들이 서러워 봄밤이 휘청인다.

비
가

오
면

짙
어
지
는

것
들

비가 오면 초록만 짙어지는 줄 알았는데...

"왜 아무도 안 보는데 울지?"

어릴 때 난 모든 표현은 누군가에게 보여주기 위함인 줄 알았다. 그래서

아무도 안 보는 데서 우는, 헤어진 사람이 안 보는 데서 그 사람과 함께

갔던 장소를 찾아가서 회상하는 드라마의 주인공을 보면 이해가 안 갔다.

그래서 속으로 '저건 분명 그 사람이 올 걸 예측하고 저곳에 갔을 거야.

우는 걸 빨리 들켜야 할 텐데 왜 아무도 안 오지?'했다.

언젠가 내가 식구들 몰래 방에서 울던 날 전까지는.

글을 혹은 감정을 누군가에게 들키고 싶다면 그건 외로움이 짙어졌다는

거다.

👍 좋아요

아
는

여
자

난, 새로운 건 아주 좋아하는데 사람을 새롭

게 사귀는 건 힘들다. 고로 난 아는 사람과의

새로운 것이 좋다.

그러니까 난 '아는 여자'이고 싶다.

👍 좋아요

냄
새

하루 만에 집에 왔는데 현관문을 여는 순간 들이닥치는 냄새에 울컥한다.
내가 살았던 모든 집에서는 내가 떠났다가 돌아온 모든 집의 냄새가 난다.

댓글달기

👍 좋아요

푹신한 의자는 지쳐있는 사람을 앉게 하고 싶다.

넓은 의자는 마음이 좁다란 사람을 앉게 하고 싶다.

그리고 딱딱한 의자는 부드러운 사람을 앉게 하고 싶다.

난 불편한 의자가 좋다.

그래야 마음만이라도 편할 수 있으니…….

댓글달기

경부고속도로 위를 달리던 중이었다. 생전 처음 라디오에서 흘러나오는 퀴즈 문제에 답을 찍어 보냈다. 정답은 '이구아수 폭포.'

질문은 중요하지 않았다. 브라질 월드컵의 이구아수 캠프를 떠올리며 정답을 보냈던 게 아니라 영화 해피투게더의 보영과 아휘를 떠올렸으니까. 택시 뒷좌석에서 담배를 피우다 아휘의 어깨에 천천히 머리를 기대던 보영, 손가락을 다쳐 혼자서는 아무것도 못 하는 보영에게 천천히 수프를 떠서 먹이던 아휘. 그들의 고통은 슬로비디오를 보는 것처럼 느려서 그게 진심이고 그것만이 진실 같아서 숨 쉴 수 없게 만들었던 영화, 해피투게더.

왕가위의 또 다른 영화 '아비정전'에서 장국영이 장만옥과 1분을 같이 있으면서 "몇 월 몇 시 몇 분 너와 나는 함께했다"라던 대사처럼, 6월 어느 날 오후 3시 37분 경부고속도로 위에서 나도 너와 함께 했다.

좀
세
아
려
주
지

'좀 세아려주지'라고 어릴 때 내가 참 자주 했던 말이다. 밖으로 내뱉지는
못하고 속으로만. 내 마음을 좀 헤아려줬으면 하는 바람에서 말이다.

그런데 '좀 세. 아. 려. 주. 지...'라며 천천히 마음속으로 한 자 한 자 내뱉
고 나면 스스로 내 마음이 헤아려졌었다. 신기하게도.

어른이 되면서 그걸 잊었다. 자꾸만 급하게 급하게 움직이다 보니 천천히
내뱉던 단어들이 줄어들어 내 마음을 나 스스로 헤아리지 못하게 되어버
린 거. 그래서 엄마가 "너 어릴 땐 느긋하고 물에 물 탄, 술에 술 탄 성격
이라고 걱정까지 했었는데 요즘은 왜 이렇게 급해졌어?"했던 거다.

다시 '물에 물 탄 술에 술 탄'으로 역행해야겠다. 세상도 거꾸로 돌아가
니…….

👍 좋아요

친구
신청

층층나무가 있다. 가지가 아파트처럼 층층으로 나서 옆으로 퍼진다고 해서 붙여진 이름. 친구가 된다는 것은 '나'라는 층층나무의 한 층을 너와 함께 가졌다는 것.

나는 여러 층의 친구를 가지고 있다.

태어나 잠시 살았던 경주에 한 층, 나의 유년기 온 통을 차지한 안동에 한 층, 그런 안동과 바통을 주고받으며 일 년씩 머물렀던 대구에 한 층, 처음 서울로 전학해 다녔던 흑석동 어느 대학부속중학교에 한 층, 수학 선생님을 좋아했던 청파동 여고에 한 층, 이십 대 초반을 보냈던 세상의 반인 남자가 없는 대학에서의 한 층, 이 나라를 떠나 오랫동안 살았던 베를린에 한 층… 그리고 가장 꼭대기 층엔 언제나 기쁨과 위로를 주는 페이스북 친구들이 있다.

이 모든 여러 층의 친구들이 '나'라는 한 그루 나무를 이루고 있다.

친구를 신청한다는 것은 누군가에게 푸른 한 잎이 되겠다는 거.

바람 많은 가지에 바람 잘 날 없을지라도 나는 층층나무가 좋다.